小中产

长篇小说

读这个故事之前,你可能
从未想过自己有多坚强!

钟二毛 著

重庆出版集团 重庆出版社

图书在版编目（CIP）数据

小中产 / 钟二毛 著. —重庆：重庆出版社，2014.9
ISBN 978-7-229-08633-6

Ⅰ.①小… Ⅱ.①钟… Ⅲ.①长篇小说—中国—当代
Ⅳ.①I247.5

中国版本图书馆CIP数据核字（2014）第209192号

小中产
XIAO ZHONGCHAN

钟二毛　著

出 版 人：罗小卫
策　　划：华章同人
出版监制：王舜平
策划编辑：欧阳勇富
责任编辑：舒晓云
营销编辑：刘　菲
责任印制：杨　宁
封面设计：小_何

重庆出版集团
重庆出版社　出版
（重庆长江二路205号）

投稿邮箱：bjhztr@vip.163.com
北京鹏润伟业印刷有限公司　印刷
重庆出版集团图书发行有限公司　发行
邮购电话：010-85869375/76/77转810
重庆出版社天猫旗舰店
cqcbs.tmall.com
全国新华书店经销

开本：890mm×1280mm　1/32　印张：9.125　字数：184千
2014年11月第1版　2014年11月第1次印刷
定价：35.00元

如有印装质量问题，请致电023-68706683

版权所有，侵权必究

目 录

01　为了真幸福，我们假离婚 / 001

　　大宝拉着我坐下。她的手硬邦邦的，手心有汗，显然，她心潮正澎湃。她把头拱进我的后颈窝，睫毛扫着我的皮肤，鼻子使劲地嗅着。我在外头跑了一天，也不知道她闻到的是汗味还是尘土味。这个动作很暧昧，也很温情，让我泛起久违的感动。

02　理想是鸡蛋，现实是铁蛋 / 010

　　现在的年轻人，你敢流浪吗，别说半年三个月，就一个月你都不敢。为什么？流浪，意味着你要辞掉工作，辞掉工作意味着你没收入，没收入意味着你买不起房子，买不起房子意味着你……

03　重男轻女的封建思想，竟被一间房子瓦解了 / 029

　　入住当晚，我和大宝怎么也睡不着，第一次感觉两人这才像对夫妻，有个无形的东西，把两人死死捆住，勒紧，再勒紧。

黑暗中，我摸摸大宝的手。

小样居然拳头紧握。

04　有了孩子有一堆事，一堆花钱的事 / 052

愚人节，哄孩子哄烦了，大宝冷不丁冒一句："我们都才二十六七八岁，又是房奴，又是孩奴，一辈子就这么完了。看看我们那些同学，还正在享受恋爱呢，花枝招展，夜夜笙歌，哪像我们，披头散发，严重缺觉，面容憔悴，整一个小老头、小老太太。"

05　抠成老公，炒成股东 / 064

套住了。套牢了。干脆死在里面，不动了。广东话说男人最悲哀的两件事：抠女，抠成老公，炒股，炒成股东，我全占了。

06　幼儿园入学，是时候了！ / 087

四岁生日已过，幼儿园春季班到处招生。红旗招展，传单四散。打开信箱，是幼儿园的广告。推开家门，门缝里还是幼儿园的广告。黄色小校车，被小区赦免，可以开进小区里。车门一开，大人孩子，呼啦呼啦，好不欢腾。

07　中产前夜，请允许我重温屌丝人生 / 100

"确实恐惧，要知道，这个清单，就是我未来的生活。"准职场新人奋进说，"什么谈恋爱、买房，想都不敢想！什么高学历、好工作，什么一毕业就迈入中产阶层，还不如在酒吧里喝喝酒，唱唱歌！"

08　有一种压力，叫上有老下有小 / 110

这日子不能出半点差错。紧。紧巴巴的"紧"。实在是太紧巴巴了。"委屈下自己吧。"拿到学位房，大宝说。委屈就是，我们住进三十二平方米的学位房。自己的大房子出租。小宝寄宿在外公外婆家。

09　泪流满面啊，我们都是小中产 / 126

"领导派我跟你说说。"大宝说，"我不想为难你，你自己做主，不管怎样，我都支持你。"

大宝转身走了。轮到我无言。想哭。哭不出来。

10　中产什么都不怕，就怕有变化 / 145

那几天，我像正常上班一样，出门，晚归，面无杂色。想起一部电影《开往春天的地铁》，徐静蕾和耿乐演的，耿乐就演一个失业的丈夫，每天假装上班，在地铁里晃荡一天，然后到点换上西装，回家。我成了耿乐。

11 有你信我，有你挺我，有你陪我 / 159

看着大宝傻乐的样子，我问："你对我怎么总是这么乐观？"

"咳。"大宝背台词似的说，"爱情不是最初的甜蜜，而是繁华退却依然不离不弃。"

感动得我一塌糊涂："下辈子你不嫁给我，我都要嫁给你。"

12 上了"非诚勿扰"，奇葩博士还是光棍一条 / 176

"也不能这么说。"大宝说，"奋进是真正有思辨能力的人，如果每个人，至少每个中产者，都像他这样，不人云亦云，坚持标准，保留纯真，社会会变得更美好。"

13 退无可退，中产也就这样了吧 / 190

这个女人的絮叨，像一坨藏着飞针的棉花，软绵绵地，飘过来，扎得我心疼。她让我想起很多。想起大宝，为了多点工资，去到新区，长途漫漫。想起我们，为了买房，办起假离婚证。想起我，为了孩子读书，把写好的批评报道撕碎，丢在风中。无言。长久的宁静。

14　票选女友，皇上不急太监急了 / 221

老爸老妈第一次自费买了机票，先长途大巴转到省城，然后飞抵深圳，住进了项目组给奋进安排的公寓楼。老爸老妈在一房一厅的公寓里，忙上忙下，为奋进挂窗帘、铺床单。老妈把吉他塞到床底下，被奋进制止。奋进抱起吉他，高唱崔健的摇滚名曲："我曾经问个不休，你何时跟我走？"

15　赐我一个土豪丈母娘吧 / 244

无论是穿着，还是说话，向黔是个干练利索的女孩。这让我想起了节目上心动女生12号。奋进喜欢的是这一款，口味一直没变。

16　不上不下的小中产就不能停下来，冲啊 / 264

向黔对着她妈说："我敢要孩子吗？怀孕、生孩子、坐月子、奶孩子，一个流程下来至少一年，我今年不接案子，明年就再也没案子了，案子不是你家亲戚，等着你，候着你，我今年不上电视，不上报纸，明年记者就不会采访我了，嘉宾资源库里就没有'向黔'这两个字了。你以为就我一个人是人才？到处都是人才！我不是不想要孩子，我是不敢要！"

01　为了真幸福，我们假离婚

你是否和我一样，有时候会想，如果过去人生的某个节点发生一点点变化，现在的你，会是另外一个怎样的模样。

我希望自己能回到大学刚毕业那会儿。一身地摊货，全身上下，由内而外也就两百块，只有肩上的包算是高级，因为它的正面印着一个极其简约、优雅的"英文名"：Gao Ji Pi Bao。

而不是现在这样。

好吧，简单自我介绍下，我，姚奋斗，直男一枚。

不多说。因为大宝发短信说她已经在等我了。我们相约今天把事办了。

从报社去民政局，有直达的公交车，77路。车很密，但人也多，队伍排起长龙。他娘的，也总在这个时候，你才会想起小学老师经常说的一句话："我们都是龙的传人。"

直接打车。

直奔罗宝北路。

我在出租车里远远就看到,大宝早在路边望穿秋水了。车停在她身边。看到我,大宝风度翩翩地拉开车门:"哎哟,这么重要的事,你都迟到了。"

"放心,今天一定把事办了,走。"我挥挥手。

大宝已经踩过点了。根据她的指引,我们三步两步就到了办事的地方。三个女人,正排在一起,面带微笑,目光热情,似乎在恭候我们。

我选择了最右的一个女人。她的头发梳得一丝不苟,看上去年纪也长些,和我一样,穿着白色有领的T恤,上衣扎进牛仔裤里,很干练很靠谱的样子。

"离婚证。"我上前一步,大宝跟在我后面。

"把你们两人的名字写给我。"

大宝早有准备,嘶啦一声拉开包,纸笔奉上。

我写下两个名字:

姚奋斗。

柴美好。

"还有各自的身份证号码。"

我唰唰写下十八位阿拉伯数字。

"写工整点,别搞错了。"大宝提醒我。

我只好叉掉,重写了一行。

没等我问大宝,她夺过笔,一笔一画写下自己活在这个世界上的唯一代码，认真细致，标准得像印刷体。

"多少钱？"大宝跨前两步，把我挡在了后面。

"九十。"

"比结婚都贵了整整十倍。"大宝说。

"都是明码标价的。"

"好。多久可以拿到？"我问。

"正常来讲，两个工作日，明天过来取。也有快的，半个小时后可取。快的要加收百分之五十的手续费，也就是一百三十五。"

夜长梦多。速战速决。早点完事。我掏出钱，说："要快的。"

"旁边有椅子，请稍候片刻，一会儿叫你。"

大宝拉着我坐下。她的手硬邦邦的，手心有汗，显然，她心潮正澎湃。她把头拱进我的后颈窝，睫毛扫着我的皮肤，鼻子使劲地嗅着。我在外头跑了一天，也不知道她闻到的是汗味还是尘土味。这个动作很暧昧，也很温情，让我泛起久违的感动。

"谢谢你。"大宝幽幽地说。声音从脑后传过来，低沉得像大提琴的呜咽。她不会在哭吧？

特别时刻，女人容易动情，哭也正常。

我把大宝从我的后颈窝里拔出来。摸摸眼角，啥也没有。她看着我，没说什么，歪靠在椅背上，双手垂下，小腿微微交叉，似乎这是她最舒服的姿势。不知道她遥想起了什么，她的脸上突然扫过浅浅一笑，酒窝双双。

此时，夜色大幕已经落下。天空被渲染成浓墨一片。凉风吹起,把大宝的齐刘海吹开,露出她洁白的额头。这让我想起多年前,她短发示人、额头清亮的旧时光。我伸手摸摸她的小脸,说:"离婚证马上到手了,你终于如愿了。"

"嗯,幸福人生即将启程。"大宝沉浸在她的遥想中,用的词都是"豆瓣"里的文艺腔。

"那我祝你幸福。"我咕咕喝起水来。

"什么祝我幸福,祝我们都幸福。"大宝一拳捶在我手臂上,差点没把我嘴里的水给呛出来。

"哦,哦,共同幸福,共同幸福。"我说完,看了下手表。

看我看手表,大宝也看了下手表,四处张望了下:"咦,怎么还没叫我们,半个小时都到了。"

千万别出什么岔子,这种事,我可不想好事多磨。我连忙起身问另外两个女人:"我们的证怎么还没来?"

还没等到回答,一个男人从黑暗中跳了出来,远远地就听他带着一句话:"谁是姚奋斗?"

这个男人吓了我一跳。他黑得像块木炭。黑短袖、黑裤子。遗憾的是,他裸露的脸、胳膊,比脚下的黑皮鞋还要黑。要不是听到一口方言,真没法证明他不是来自遥远的非洲大草原。

"谁是姚奋斗?""黑炭哥"挥舞着手里的两个小本。

我走上去,接过两本红色小本,"离婚证"三个烫金小字显得特别醒目。

"嘿,你的名字起得真好,尤其是跟你老婆的名字,绝配,'奋斗'、'美好',要奋斗才有美好,美好生活啊。"

"黑炭哥"喷喷起来,闪出两道白光。他有一口洁白的牙,和眼白一样白,简直是白得刺眼。近了一瞅,别看他瘦,浑身是肉;别看他黑,满脸光辉。

大宝靠近过来,拿着红本本核对了一次。觉得不够,又拿出身份证,再核对了一遍,然后抬起头说:"没错。"

"错了也不要紧,我再帮你们重办。""黑炭哥"说,"办假离婚的,一般都比较幸福;办假结婚的,一般都不会有什么好结局。"

哇,好有哲理的一句话。我忍不住琢磨起来,想和"黑炭哥"深入地交流交流。

大宝看我不走,拽起我的手,要把我拖离现场——深圳著名的假证集中营:"真实惠"农贸市场天桥。

还真是,说时迟那时快,"别动"、"别动",两声响起,铿锵有力,掷地有声。

两男子不是从天而降,而是从天桥上跳下来的。

太神速,太神出鬼没了。

两男子是便衣。

高的堵在"黑炭哥"面前。

矮的堵在我和大宝中间。

没有浴血搏斗,没有暴力抗法,只是"黑炭哥"手上多了一副白铁手铐。黑暗之中,白铁手铐和"黑炭哥"的一口白牙,比着赛,呲呲呲,发出冷冷的光。

看到手铐,大宝习惯性往后躲。我吸了口气说:"我们没事吧?"

"一会儿跟我们走。"矮警察说。

矮警察打了个电话,一辆车身满是泥浆,像是刚旅行回来的警用面包车过来了。

五个人,一前一后钻进了面包车。高警察陪"黑炭哥"坐在前排。矮警察和我们坐在后排。

车里放着《最炫民族风》:"苍茫的天涯是我的爱,绵绵的青山脚下花正开。"

《最炫民族风》居然还是循环播放。加上又是堵车,蚂蚁爬似的,真受不了这不要脸、没心没肺的欢乐。我拉长脖子看到,开车的司机穿着警服,正跟着节奏摇头晃脑。矮警察喊了一句,说出了我的心声:"小二,你晚上是不是约了女孩K歌,要献唱这首歌啊!"

司机警察关小了声音,回答:"炮哥,你这次猜对了一半。那姑娘胆小,但又超爱看恐怖片,我就替她想了一个办法:在放到最恐怖的情节时,我就帮她调成静音,然后高歌《最炫民族风》,当背景音乐……"

高警察接了一句:"你唱?只会比电影更恐怖。哎,我跟你说,泡妞不是这么泡的,你要想泡到妞,真要向炮哥学学。"

司机警察回道:"靠,你还不是一条卵?离婚这么多年还是老光棍。炮哥,是不是?"

被称为"炮哥"的矮警察正在接电话,一听口气,就知道是老婆来电:"那就报吧报吧,你问问银行可以分期付款么?"

高警察问:"炮哥,报什么了,不是报案吧?"

矮警察把脚往外一伸一跺,说:"女儿报名学钢琴,他妈的,抢钱啊,培训、考级、买琴,一共要十万块!要命!"

"你们两口子,一个公务员,一个老师,中产家庭,这点钱算个屁。"司机警察掺和进来。

"中产中产,世界最惨。"矮警察说,"你是还没结婚,不知道我们的难处。"

"黑炭哥"冒出一句:"应该可以分期付款的。"

"没你的事。"高警察喝令完,派出所到了。

司机先下车,对讲机叽里呱啦一番,然后哗啦拉开后门说:"都满了,铁笼子吧。"

往车窗外一看,院子一角竟然摆着一个外形和鸟笼子一模一样的铁笼子,只是扩大了无数倍。如果不是置身于派出所,真像是个行为艺术。

我紧张了。

不会我们也要关进去吧?

下了车,五个人,兵分两路。

高警察领着"黑炭哥",往笼子里走。

矮警察领着我和大宝,往笼子……边上走。进屋,上二楼。

我听到铁笼子关上"当"的一声。

二楼不会还有笼子吧?不可能。铁笼子那么高,天花板都要穿。我恢复了理智,握了握大宝的手,喊她放松。

上到二楼，走廊边上的第一个办公室，矮警察示意我们进去。一个女警察招呼了我们："做个笔录吧。"

到了这里，心完全镇静了。我在想，这笔录怎么写呢？为什么要办假离婚证？怎么回答？

我出示了自己的记者证："你好，其实我们是来暗访调查的，最近报社接到办假证投诉特别多。"

女警察一看我证件，喊了一嗓子："炮哥！"

矮警察正在走廊里打电话，大声得很，还是那个"钢琴班"的事。

矮警察停了电话，走进来，一看我证件："哦，记者啊，谢谢你们的监督，但还得写个经过，简单点就是，这是法律程序。"

我硬着头皮写道："记者姚奋斗接到读者投诉后，和实习生柴美好来到'真实惠'农贸市场天桥，假扮夫妻，办理假离婚证书。"

矮警察看了说："挺好。咦，你和这实习生还挺有夫妻相的，难怪骗子都被你们骗了。牛！"

我"呵呵"一声，准备撤。

"证。"大宝咬着我耳朵说。

假离婚证正在矮警察手里，和笔录紧紧地夹在一起。

我给矮警察递上一张名片说："那个假证，能否给我，我要带回报社给摄影记者拍照，到时候可以再还回来。"

"不行，这是物证，要装档案的。"矮警察说。

"哦。算了。"我悻悻然下楼。

白忙活一趟,还一路吓死多少脑细胞。

倒霉。

就在我和大宝快要走出办公楼时,矮警察追了下来。

"拿去,我配合你的工作。以后有什么新闻,关于我们辖区的,不管好坏,提前打个招呼,好不好?倒不是说别的,我担心你们的人身安全。这是我名片。"矮警察递上他的卡片。终于知道他为何叫"炮哥",他的名字叫"刘重炮"。

呼呼。

我们拿着失而复得的红本本小跑起来,担心"炮哥"随时有可能改变主意。

出大门时,看到"黑炭哥"仍在里头,蹲在一角,像极了一只受伤的……乌鸦。

我们还是被他看见了。他压着嗓子冲我们喊道:"过来!"

我一个人走过去。

"黑炭哥"从裤袋里掏出两百元,丢出来:"钱我退给你,钱也不用找了,你跟警察帮我说说好话吧。"

我无言以对,也无能为力,只好把歉疚写在脸上。

02　理想是鸡蛋，现实是铁蛋

在讲我们为什么要办假证，而且是假离婚证之前，现在，可以详细介绍下我和大宝了。

我，姚奋斗，男，八〇后吧。八〇后就八〇后，为什么要加上"吧"呢？因为我出生于公元一九八〇年二月十四日，也就是情人节这一天，好了，如果你有心，翻翻万年历，这一天的农历正是除夕的前一天，腊月二十八，也就是说，按农历算，我属于己未年，十二生肖属羊。八〇后这一拨人已经长大了，结婚的结婚，有娃的有娃，当年说八〇后是脑残一代的人，不好意思，他们的孩子正在经历脑残一代。八〇后已经成为这个社会的生力军。所以我愿意说我是八〇后。但我又深知，我更接近七〇后，他们身上有的一些优良品质我似乎都继承了，比如危机感强、忍耐性强、谦卑、谨慎，等等。不多说。多说就不是七〇后了。

二〇〇二年夏天，中国发生了什么大事，除了刀郎唱的一首歌《二〇〇二年的第一场雪》，我一件也想不起来。但有一件事，对我来说，是大事：我大学毕业了，从北京一所所谓的高级学府毕业了。那年，"98新闻"四十三个人的就业情况十分有意思：

三人毕业即创业，开了公司，公司地点在北京；

四人被保送读研，学校在北京；

五人进了外企，均外派海外，但关系在北京；

六人考上了国家各部委公务员，工作在北京；

七人考上了北京市公务员，工作在北京；

八人凭自身本事考上了研究生，学校在北京；

九人进了各种企业，还是在北京。

只有一个人，做了王小波笔下的那只特立独行的猪，辞别北京，直取南方。不用说，这个人就是我，姚奋斗。

告别首都的那天中午，送别的队伍特别壮观，四十二比一，四十三个人挤上一台公交车，整个车都要炸了。几个女同学围着我，一一话别，说了一大堆字数多得长微博都装不下的我早已忘掉了的酸词金句，只有一个女生的话我至今记得。这个考上了中宣部公务员的女生说："奋斗，铁肩担道义，妙手著文章，咱们班的新闻理想就靠你去实现了，加油。"这话当时听了挺热血，若干年后想想，真是一个巨大的讽刺。

到了北京西站，站台票一买一摞，吓坏售票的白胖阿姨了，这架势。站台上，老实巴交的班长，开始发挥他最高领导的作用。他即兴发表了一通告别演说，题目是"站在人生的站台上"，大意有两层：一是，天下没有不散的宴席，今日的分开，是为了明日的相聚，大家不要悲伤。其实大家一点也没悲伤，被他这么一说，大家就悲伤了,于是互相回忆往事,憧憬未来,几个眼窝子浅的女生泪水涟涟,好像要送走的是她们。二是,姚奋斗同学无组织无纪律,一人甩掉全班同学,凤凰东南飞,以后班里的足球队再也组织不起来了,因为没有人愿意司职守门员。其实,不是没有人愿意司职守门员,而是每个队员都自信心爆棚,一个个脚臭得很,却争着要打前锋。

班长的演说一结束,悲伤扭转成为控诉。大家不约而同痛批我一句话:有异性,没人性。

根本没有我表达的机会。大家排着队,和我拥抱,互道保重。要不是我缩短拥抱、拍背时间,火车开了,我都完成不了任务。就这样,我说完第四十二个"保重"后,匆忙上了车,挥手致意,目送他们一一消失在那个酷热的七月。

只有我一人离开北京,南下深圳,而且干着专业最对口的事:新闻,记者。

至于为什么独独我离开北京,确实应了同学们说的:有异性,没人性。

我的女友,在深圳。

大宝,像个男人的外号,但在我这里,TA是个女的。

真名:柴美好。

介绍她,不用假模假样说"八〇后吧",她是正儿八经的八〇后,公元一九八一年出生,广东人,确切点,半个深圳人。什么意思?出生在广东梅州,没错,就是那个足球之乡,也是叶剑英的故乡。深圳经济特区是一九八一年成立,她出生呱呱落地第二天,父亲作为工程兵就到了深圳,她七岁后,当老师的母亲带她一起随迁到深圳,生活、学习、上大学,再也没离开深圳。

大宝就像她的名字"美好"一样美好。自小生活在城市里,家庭条件不算很好,但作为第一批闯深圳的拓荒牛之家,也差不到哪里去;父母不是官一代,也不是富一代,但素质上乘,家教不保守不开放,正常人家。这样一个家庭里出来的女儿,基本上都是一个乖乖女形象,大家闺秀吧。大宝五官端正,身材上等偏下,学的是汉语言文学,在文艺青年中算普通青年,在普通青年中算文艺青年。反正,距离二逼青年有较远的路要走。世间最好的女子就是这样的吧。

大宝大学毕业那年,中国发生的大事,人人皆知,根本不用动用脑神经。那是多灾多难的二〇〇三年,非典之年。那年,深圳是全国的重点监控区,深圳人去哪里都要遭"重点保护",很多人更是"谈深色变",更别说去深圳投资、考察、旅游、探亲了,当然外地院校应届毕业生去深圳求职的也少了许多。深圳大学文学院的应届毕业生柴美好,因祸得福,求职应聘、各种考试时少了很多来自北京、上海、武汉等名校的竞争对手,按照她爹妈的要求和规划,顺顺当当地考上了深圳市的公务员,单位有点偏门,叫档案局,但瑕不掩瑜,有什么关系,更何况这个单位办公位置就在深南大道边上,地王大厦和市委市政府斜对面,这在当年,属于说一不二的市中心、CBD。公交车站在那一站叫"市委",在那里上下班,优越感油然而生,公交车乘务员报站都要站起身来报"市委,到了"。你说好不好？

　　档案局适合汉语言文学专业的部门，肯定是办公室，文件的上传下达，领导的讲话稿、局里的简报信息、一年一度的总结和计划，等等。乖乖女大宝谈不上有多聪明，但有一点继承了她当兵的父亲的性格，那就是不怕苦、老实。吭哧吭哧，小老黄牛一样，笼头前没有草料诱惑，也会埋头往前奔。受了委屈，打死也不说。工作的事，当父母的事；同事的事，当自己的事。脸上的微笑，一天到晚像画上去似的。机关最需要这类人才，低调、朴实、肯干事，至于工作难度，一回生二回熟，三回游刃有余四回不用费工夫，五回六回不用喝酒也可以学武松打老虎。

　　乖乖女讨人喜欢，人缘不错。人气有了，运气跟着来。二〇〇四年年底，档案局一个副局长升官了，调到市委办公厅，顺带又把大宝带了过去。工作地点挪了不到一公里，做的工作还是文件处理小科员一个，但牌子更响了，一周五天有模有样地进出市委大院，上个厕所，下个楼，一不小心转角就碰上市委书记。市委书记，一市之首，不得了啊。

　　柴美好的美好人生，一度让我感到"亚历（压力）山大"。

　　尽管我们早早就走进了人生的坟墓，婚了。

　　我和大宝成了各自班里最早为人夫、为人妻的先锋榜样。有时候，也是嘲笑对象。

　　如此早婚，当然是在父母的授意、规划和安排下。

　　决定结婚那天很有意思。

那天是二〇〇四年的平安夜。在大宝家吃饭,四人晚餐。气温骤降,吃的是火锅,热气腾腾,温馨极了。大宝她爸戒了多年酒,突然悄悄抱出一卷旧报纸,慢慢解开,嚯,清香扑鼻,老茅台。她爸真把我当成初出茅庐少见世面的毛头小伙,上下护着白得发黄的瓷瓶子,得意地问:"奋斗,知道这是啥吗?"

没吃过猪肉,还没见过猪跑?这东西我都不知道,记者白当了。但我不好揭穿,故意装傻,摇头。

"周恩来的外交故事,知道吗?"

我继续摇头。

大宝看在眼里,踢了我一脚。

我赶紧应道:"我想起来了,茅台,国酒啊!"

她爸道:"对了,这酒快三十年了,知道怎么来的吗?"

这回,我是真不知道了。

大宝好像也不知道,看她神情。只有她妈在抿嘴偷笑,看来这是一桩尚未公布的家庭秘史。

她爸说了:"二十多年前,我和美好她妈结婚,这是组织提供的贺礼,一共两瓶,因为太珍贵,也有纪念意义,我动了点手脚,只喝了一瓶,留了一瓶,一直到现在。今天是平安夜,但也是美好调入市委办公厅的第一周,明天又是周六,所以呢,决定享用它。四个杯,每个人都要喝。"

我不懂收藏,不知道它价值几何,但我采访一些企业家知道,八十年代的老茅台,都可以上拍卖会了。能上拍卖会让人举牌抢着买的东西,价值至少小几万吧。

那晚真是频频举杯，酒香满屋。

又是平安夜，又是大宝工作吉日。

没有道理不欢畅。

很快，我和她爸都有了一些些醉意。

她爸看着我，又看着大宝，开始进入预谋已久的主题："这么珍贵的酒，如果只用来庆祝美好调入市委办公厅，是不是有点不值？啊？"

她爸眼睛瞅着的却是大宝她妈。

她妈不置可否。

她爸接着问大宝："美好同学，请问你和奋斗喝过交杯酒吗？"

大宝实话实说，还配以动作："多了去了。有什么聚会，朋友一闹，我们就交杯。杯碰杯，臂挽臂，美酒喝一口，愿你们珍爱长相守。拿下来，彼此绕过对方的头，各自喝下剩下的一半，愿你们今生今世永远相伴。"

我按着大宝。我感觉到她爸话里有话。果然，她爸说："那都不算。今天你们当着我和你妈的面，交杯一次，庄严一点。"

大宝她妈永远都是要么不说话，要么一说话就把问题说穿："行了，别忽悠他们了。"接着又扭头看着我和大宝，说，"就是希望你们早点结婚。"

"奋斗，我不是这个意思，就是希望你们喝个交杯酒，革命友谊从此根深蒂固，万里长征，路途漫漫，风雨无阻，在所不辞。"美好她爸叽歪起来，成语一串一串，我都担心他接下来要高歌一曲

《送战友》。

那个时候，我和大宝正在热恋中。

乖乖女一副豁出去的样子："交杯就交杯！"

"谁怕了谁！"热血一上头，我撩起衣袖，穿入大宝手腕，两人脸一红脖子一粗，头一仰，酒倒，杯空。

她爸咔嚓一声，拍下了这豪情一幕。

很奇怪地，当着大宝爸妈的面喝了交杯酒，而且有照片为证之后，我和大宝的感情急剧升温，而且突然懂事起来，掐着手指，盘算着我们认识几年了，恋爱几年了，潜台词就是是不是真该结婚了。

二〇〇四年，我们认识三年，恋爱三年。二〇〇一年夏天，大宝大二，我大三。大宝到北京新东方学英语，我也在新东方学英语，上课第一天，我们就是同桌。我们是最后进入教室的两个人，只剩最后一张空桌子，必须同桌。比流水还顺其自然，我们从此相识、相知，然后暗送"秋天的菠菜"，共享人世繁华。没有误解，没有第三者，门当户对，年纪相仿，一点岔子都没有，有时候想起来，都觉得平庸。

连外号都没一点创意，我叫她大宝，她叫我二宝，还酸拉吧唧地约定，以后孩子叫小宝。大宝、二宝、小宝。整一个吉祥三宝。

"妈妈，嗯，啦啦啦啦啦啦……"

谈恋爱谈恋爱，贵在一个字：谈。

世界本无爱，谈的次数多了，就有了爱。

一天一个电话，移动是爹，联通是妈，反正不怕钱花。

短信多得可以忽略不计。

寒暑假，你来我往，火车是爹，飞机是妈，反正不怕钱花。

五一十一，全国的黄金周，也是异地恋的黄金周。平时省吃俭用、勤工俭学，就为潇洒走一回。相约西湖，相约黄山，相约大草原。

想起曾经说过的情话绵绵，起一身鸡皮疙瘩。

这期间，多少次，想了，约了，见了，说了，啃了，抱了，亲了，烦了，打了，骂了，哭了。然后又重复一遍，死活就是不散不离，典型旧社会老农民的爱情，想想都丢八〇后的脸。

我大四的时候，大宝第一次和我谈"条件"：毕业后，来深圳，求你了，好吗？

爱情是只看不见的手，魔力无边。我就这么傻愣愣地应了下来。先是到了深圳最畅销的都市类报纸——深圳《晨报》实习，然后通过统一招考，笔试、面试、体检、培训，最后正式成为一名国家新闻出版署备案的记者。每天挂着一块蓝色的门牌，进出传媒大厦。

传媒大厦与大宝最早上班的档案局，中间就隔着一条深南大道，默默对望。

传媒大厦与大宝后来调入的市委大院，都在深南大道同一侧上，相差不到一公里，肩并着肩。

这仅仅是巧合吗？

还是注定的缘分？

想到这儿，我们一闭眼一睁眼，在二〇〇五年的一月一日的一大早,携手走进了民政局婚姻登记所。

"走,结婚去,我请。"我拉着大宝,一蹦一跳。

永远都记得那次结婚所需的费用:九块钱。

因为那天早上,我们两人走到半路,发现换了衣裤,身上一分现金都没有。好在包里有银行卡,取钱时,我问大宝要取多少钱,大宝傻乎乎地说:"结婚登记,这么大的事,至少也要千儿八百吧。"

于是我取了两千。

结果,婚姻登记所只要九块。收费的阿姨找了半天,才凑齐了九十一块。

为何要办假离婚?

答案还是要先从大宝讲起。

公务员系统是这样的,不犯错误就是功劳,三年一个级别,自动升级,尤其是在市委市政府这样的大机关里。二〇一〇年,三十而立的大宝,顺理成章地在职务一栏里填上了"科长"两字。

机关也是"铁打的营盘,流水的兵"。这几年,深圳四处成立新区。宝安、龙岗两个大区,被切豆腐一样,这里分一块,那里割一坨。新区,新班子,新人马,自然四处调兵遣将。这不,三十有二的尤科长响应选调,呼啦一下,调到了东部新区,任宣传科科长。

大宝参加新区公务员选调,可以说是生活所迫。

在市委办公厅上班,对大宝来讲,多好。

工作平台大、起点高，虽然是小小科长，但接触的都是大领导，办事想问题，眼界自然而然要高，思维也开拓，走个基层，各区、各街道、各局都给足面子，毕竟是市里下来的人。这都是我替大宝理解的事。大宝未必同意，她对当官没有欲望，何况也深知一句古话，"朝里有人好做官"，反之，亦然。大宝属于"反之"行列。

对我来讲，大宝在市委办公厅上班，还有一好处在于上班离家近，开车，即使早晚高峰期，二十分钟了不起了；工作比较规律，老人、孩子随时可以照顾得到。这是很现实的事。

有没有不好呢？也有。

大宝说的，待在市委办公厅这种大机关，天天面对大领导，处处谨慎，说话办事小心翼翼还不行，还要万无一失，表面上很风光，其实"亚历"真的"山大"。这是一个。

另外一个，单位级别太高，一点也不实惠。

实惠，这个事，击中了我们全家人，成了家庭会议的讨论焦点。

大宝她妈说："小宝幼儿园小班一完是中班，中班一完是大班，大班一完是小学，这小孩的支出像开了闸的洪水，挡都挡不住。你们要有所准备，别一看存折，空的。"

看我们没说话，大宝她妈继续说事："我的意见，能到新区就到新区，待在基层肯定比大机关实惠，这个甭管是深圳，还是我们老家小地方梅州，都是一样一样的。在市委，你一个科长就是干活的料，到了新区或者街道，没准就是中层了。科长在基层，不说有专车，至少部门有车吧，市委呢，不可能。还有收入这块，车补、房补、岗位津贴等等，不用说，有差别，而且差别很大，一个是特区内，一个是特区外，能不大吗？这我都打听过了。实惠永远是第一，其他都是虚的。所以，我的观点，去，争取去。"

大宝她爸小声插了一句："报名选调就是，选得上就去，选不上待在市委也不错，不要太看重眼前利益，有点理想也是可以的。"

"理想？啥年代了还谈理想？"她妈反驳，"八〇后这一代人，哪里有什么理想，你看看房价，出租车跳表似的，一时一个样，比你心跳还快。市区的，哪里还有两万以下的房子？看看他们每个月多少工资都还贷给银行了？再看他们开的车，那油价，八块多一升，车子喝的哪里是油，分明是人民币！小宝每个月的支出，还用算吗？还敢算吗？小屁孩每天一醒来，吃喝拉撒，哪门不是钱？八〇后这一代人，压力太大了，全世界都应该同情你们，向你们致敬，向你们鞠九十度大躬。"

大宝她妈的话一会儿针对她爸，一会儿针对我们。"我是做语文老师的，我不知道你们注意到一个问题没有，我都注意到了。"她妈接着说，"我们年轻、结婚的时候，八十年代，社会上有一个词经常出现，无论是歌词里，还是诗歌里，还是大家的信件里，经常出现，这个词叫'流浪'。三毛那个时候不就是流浪吗，背个包到了撒哈拉跟男朋友约会，好潇洒。可你注意到没有，'流浪'这个词在最近十年，几乎很少出现了，大家也不讲了。为什么？现在的年轻人，你敢流浪吗，别说半年三个月，就一个月你都不敢。为什么？流浪，意味着你要辞掉工作，辞掉工作意味着你没收入，没收入意味着你买不起房子，买不起房子意味着你……"

"意味着你见不了丈母娘。"我没深没浅地接了一句。

"对。"大宝她妈笑了起来，"买不起房子意味着你见不了丈母娘，见不了丈母娘意味着你娶不到新娘，娶不到新娘意味着你……"

"娶不到新娘意味着就是屌丝一个！"我又帮忙接了一句。

"屌丝？啥意思？"她妈被这个词卡住了。

大宝剜了我一眼："没大没小的。"

"总的一句话，你们八〇后压力如此巨大，现实第一，理想第二。选调，去！"

岳母大人，真牛啊！分析，丝丝入扣，结论，清晰明了，关键一点，说话撒得开，收得拢，完全可以做4A广告提案人。

"我去呢，去呢，还是去呢？"报名选调前夜，在我们自己的小家里，大宝问我。

显然，她被她老娘"洗脑"了。

大宝分析了："我妈的话确实不是信口开河，尽管深圳早已特区内外一体化了，但还是有一些区别的，各种福利、津贴、补贴，政策上还是向基层倾斜的。打听了，如果选上新区党工委、管委会'两委综合办'宣传科科长，每个月收入要比在市委多个三千块左右。另外，基层的科长，大小是个领导，很多活再不用自己亲手吭哧吭哧了。还有，基层很多事处理起来，灵活度很高，原则性没那么强,精神压力小一些。"

"但是……"大宝把坏处留到最后,"新区离市区太远啦,不堵车,一个小时,至少。以后可能就不能天天回家。"

"这个……要命。"我说,"好在小宝现在马上要上幼儿园了,离得开你,还有你爸你妈带着……"

我给大宝一个台阶下,一切由她自己定。但我发现,我的潜台词里,有怂恿她去的意思。

为何这样?

咳,还不是希望家庭收入能增加点。

每个月多三千块。多吗?不算多?要是没小孩的时候,我肯定不在乎这三千块。大宝也不会在乎。"时间多重要,每天耗一个小时在路上,生命的价值在哪里?这浪费在路上的一个小时,干什么不好,听歌、看电影、运动、陪父母……"那个时候一定这么想。

但是,现在,不了。三千块很重要,能补很多窟窿,至少一个月车的油钱、停车费基本解决了。

大宝她妈的话说得一点没错:现实第一,理想第二。

理想是鸡蛋,现实是铁蛋。

鸡蛋碰铁蛋,注定要完蛋。

使不得啊,使不得。

大宝报了名,参加东部新区公务员选调。

竞争很激烈,二十五选一。

笔试。

面试。

班子讨论。

笔试难不倒大宝，考试是她的强项，因为她愿意下笨功夫，高考时运用的题海战术一套一套，该掌握的、不该掌握的，一律掌握。

面试也还行。在市委这种大机关最大的好处是，说话、做事、看问题，干什么都高屋建瓴，站得高看得远，气场很大。

这些都是其次，关键有贵人推荐。还是档案局那个老领导，她到了市委办公厅后，很快又到了市人大，级别提了一级又一级。她向新区领导推荐了大宝。

闯三关斩五将，大宝就这样挪了个窝，搬进了新区大楼，成为其中一员，任职宣传科科长。办公室宽敞多了，推开窗，山海叠翠，上面是绿林山色，下面蓝海白沙，空气极好，吸进去的尽是负氧离子。

就冲着这窗外美景，大宝心花怒放。

"实践证明，我们的选择是对的！"大宝给我发短信，每个标点符号都洋溢着激动和豪迈，恨不得要把我们一家人都拉到她办公室体验绿色生态，感受美好新生活。

可惜好景不长，烦恼接着就来了。

还是老问题：路途遥远。

上班跟上西天取经似的。

说是一个小时的车程。可那是正常情况下。现在的交通，正常情况很少，不正常情况很多。正常就是不正常，不正常才是他娘的正常。

一个小时？

屁！

清醒地想一想，公务员早九晚六，无论早还是晚，都是不折不扣的高峰期。乐观点，也许会想，杀出市区后，到了郊区，会不会通畅点？因为郊区人少啊。

不会！

现在郊区也到处是车，你以为就市区车多？何况郊区的道路还很烂。

还有，在郊区，交通规则根本就形同虚设。那真是一个素质问题，简直就是横冲直撞、胡乱来！大小车祸，没有哪天看不到的。有时候好不容易杀出市区，好不容易快到单位了，可突然堵死了，以为是前方发生了重大事故，下车一看，两车蹭到了。轻微刮碰，现在不有快处快赔吗，拍个照，报个保险，开走不就行了？好家伙，他们偏不，停在路上，梗着个脖子，争、吵。把道路当成了练口才的地方。

"一开始你以为，他们只是1和3之间的中间数，没想到还是1和3俩数的组合。看着那个火啊！"大宝怒到一定程度，骂起人来不带脏字。

每天晚上回到家，至少都八点了。大宝累得连开门转动钥匙的力气都没有，嘭嘭嘭拍门。门一开，整个人都快散掉了，恨不得都要你搀扶着她。

哎哟，猪肉炖粉条似的。

好不容易活过来，扒拉几口，再跟小宝玩一会儿，哄进洗澡盆，哄上床，她自己也睡着了。

俩老人看着心疼，不好叫醒宝贝女儿。

我只好自己回了小家。

好几次，我劝大宝干脆就别回市里了，或者定个规矩，一三五回来，二四待在美丽的新区，看层峦叠嶂、鸟语花香、海天一色，自由呼吸，清肺静心。大宝每次都同意了，甚至早早发信息说，"今日太累，晚上不回去了"，但一到下班时间，问她在哪里，她都回两个字：

"路上。"

大宝说服不了自己独自享受美好生活。

因为，她想念她的臭屁儿子。

一家人都在担忧大宝上下班堵在路上的漫长煎熬。

一到晚饭时间，等啊等啊，菜都凉到菜地里去了，还是"路上"、"路上"。

有一天，七点钟大宝就到家了，弄得俩老人中了彩票一样的高兴。她爸本来就是个资深彩民，立即下楼买了一注彩票。

她妈问："是不是开通了新路？这么早！"

大宝漫不经心地答："今天在市里开会。"

"哦。"俩老人皮球一样，泄气了。

就在这个晚上，在回自己小家的路上，大宝提出一个购房计划。

"多年房奴,生不如死,还要买房?"我瞪大眼睛,望着大宝。

"哎哟。"大宝口头禅来了,"别紧张,且听我慢慢分解。"

"你别分解了,直接把我分解得了,哪块值钱,卖哪块。"我从心里不愿当奴,任何奴、各种奴。

"别贫嘴。"大宝厉声喝道,"北京读过书的人,就是爱贫。"

大宝开始"分解":"在新区上班个多月来,我一边勤奋工作,一边察言观色,观察什么呢?观察周边的房地产市场。现在市区最烂的小区,没有低于两万的,你看我们这个小区,中等吧,都奔三万五了。而新区那边的房子呢,均价一万,出点头吧。几个楼盘我都看了,房子结构、小区设施、绿化环境,都很讲究,户型有大有小,丰俭由人。周边环境比市区好一万倍,左山右海,山是山,海是海,空气是空气,看得见,摸得着,吸得了,实打实,一点也不忽悠人。不像有的楼盘,堆个小假山,说是苏州园林,挖个水池子,说成东方威尼斯。"

"你是不是转行房地产做销售了,还是入了他们股份?"我戏说了一句。

大宝不理我,继续:"我想我们可以买一套三房,一百平,合起来一百万左右,这样,我就可以住在新区,同时把小宝、爸妈他们接过去,一来免去了我的路途之苦,二来可以让我和儿子有更多的相处时间。你看,小宝现在正是长智商、增情商的时候。"

大宝击中了我的软肋。她使用的"武器"是我们的宝贝儿子。

　　"周末考察下。"我说。我没好意思说的是，一百万，钱从哪里来？连首付都吃力！

　　难道要卖掉现在住的？

　　还是别的？

　　啃老肯定啃不了，双方的家底，我心里有数。

　　即使能啃，也不行。

　　这不是我和大宝的风格。

　　父母不是提款机，我们也不是榨汁机；老的愿挨，小的也不敢。

　　那怎么办？

　　明摆着，山上有老虎，可大宝为何偏向虎山行？

　　她以为她是女版武松？

03 重男轻女的封建思想,竟被一间房子瓦解了

天气不错,心情也不错。高高兴兴,驱车前往大宝所在的新区。

因为是周末,车辆较少,出了市区,一路倒真是风景宜人,左边青山,右边蓝海。

到了新区的地头,先在新区政府门口瞻仰了下办公大楼的壮观和美丽,然后大宝给售楼小姐打电话,问路。大宝是个路痴,什么都靠导航仪,而恰好,要看的那个楼盘还没有输入到导航系统里。还好,有我在,左拐右拐,右拐左拐,上了主道走辅道,走了辅道又再上主道,折腾几次,终于到了。

妈呀,第一期就二十多栋,一共有六期,多大的一个盘!

果然气派,大手笔。

走了一圈,如大宝所说,无论户型结构、设施、绿化都不错,有种"取其精华,去其糟粕",集优秀建筑大成者的味道。登上十六楼的样品房,室内设计不说,单走上阳台,人就被震撼了。

太美了，这风景。

弧形阳台，望出去，一大片海。

蔚蓝的海。

宁静的海。

像一幅印象派的油画，有质感，有诗意。

我都看傻掉了。

"喜欢吗？"大宝捅捅我。

"喜欢。当然喜欢。太喜欢了。"我说。

"一百零六个平方，阳台面积白送，总价九十五万搞定。"大宝说。

"哦。"我心里运算了下，"确实，比市区便宜多了。"

售楼小姐跟我们说："还有小别墅，也特别超值。"

"看看去？"大宝问。

"看看就看看。"我倒想看看怎么个超值。看看猪肉会不会卖成白菜价？

坐着电瓶车，沿着一条林间小道，蜿蜒而上，然后停在半山上。

嗬，一排的别墅，三层、两层、大的、小的，高高低低，错落有别，清一色的"人"字顶，不小心以为到了澳洲乡间，就差那么一个教堂了。

"这是最最超值的单位。"进入一个样板间，售楼小姐说，"上下两层半，室内面积一百四十多，总价一百六十万。"

样板间里，参观者众。一个个脚踩蓝色鞋套，进进出出，指指点点,逛菜市场似的。

确实超值。

首先,门口有个十多平方的小院子,以树做墙,密密实实地围着。一棵桂花树显得特别高,树腰上挂着小铁牌子:四季开花,随时飘香。鼻子轻轻一吸,桂花特有的清香,让人还没进家门,疲乏全无。

一进去是个厅,有一间房。上楼梯,是一个二房一厅结构,主人房朝南,推门是大露台,露台放着一小桌两小椅,桌上有小黄花。夜风习习,夫妻拥立露台,或坐或站,谈心,浅笑,看月亮,够浪漫的。——瞧,我想多了。

下楼,再下楼,是厨房。厨房外连着一个小花园。这个小花园,我喜欢。黑色的铁艺围墙里种着竹子,修长,青绿,"宁可食无肉,不可居无竹"。一角砌了个小池塘,池塘里有鱼。粗糙的大水缸里,盛开着莲花朵朵。一把墨绿色的太阳伞撑起一片荫凉。伞下是一方酱红色木桌,四把藤编靠椅围拢着。一群老友,伞下而坐,一盏普洱,一份闲心,谈天说地,扯淡吹牛,岂不快哉!——瞧,我又想多了。

一百六十万,一栋别墅。

要在市里,一百六十万,别墅?

别想!

顶多小两房。

售楼小姐察觉到了我们心里泛起的一丝涟漪。

售楼小姐问:"有什么疑问?"

"怎么比市区便宜这么多?"大宝警惕性蛮强。

"肯定啦,这是属于惠州的地界。"售楼小姐回答。

"啊。"大宝张大嘴。

"哦。"我恍然大悟。

售楼小姐也很吃惊地看着我们。估计心想,这两个二愣子,连属于哪里都不知道,看什么楼啊。

我瞟了一眼大宝。嘴里不好说心里说:"你个二货、马大哈、猪脑子。一个住经济适用房的命,居然操着独栋别墅的心。"

售楼小姐一句话让我们又收回了神:"这个地方恰好处在深圳与惠州的地界上,两腿一跨,一脚是惠州,一脚是东部新区。所以,心理上,你也可以把它看成深圳。这个楼盘就是为深圳人准备的。"

"说的倒是。这个地方离新区办公楼的距离,要比新区中心到新区办公楼的距离近。"大宝低声说,像是特意说给我听的,让我原谅她的低级错误。

售楼小姐补充说:"这个楼盘,估计是整个广东最大的,五年之内,六期全部建成,那是什么样的规模,深圳十个白领有一个都住在这里,到时候绝对升值,五年后涨到两三万一平,完全不是问题。居住、投资两不误。"

升值这个说法,我同意。

我问:"可以贷款吗?"

"当然提供。你是深户吗?"

"是。两人都是。"

"买过房子吗？"

"有一套。"

"惠州的政策和深圳一样，不限购，但限贷。也就是说，你们已经有一套了，不限购，还可以买，但限贷，只能贷四成，首付要六成。这个小别墅一百六十万，首付要九十六万，贷六十四万，按三十年算……"售楼小姐神算一样，手指在手掌一通按，"每个月还贷四千多。"

首付九十六万！

我的天！

人生的悲哀就在于，当你想为亲爱的人豁出去了两肋插刀的时候，却只有一把刀，钱……真的不够。

"有没什么办法降低首付？"我听说过有一些擦边球可打。

"有啊。"售楼小姐说，"办个假离婚证，首付三成，也就是首付四十八万，贷一百一十二万，按三十年计算……"又是一通计算，售楼小姐报出一个数字，"每个月还贷七千多。"

又一大笔月供！

额滴神！

"离婚证到哪里办？"大宝显然未死心。

"不是离婚证，是假离婚证！"我提醒大宝。

售楼小姐笑了，说："假离婚，假离婚，就是街上办个假证，不是到民政局办。民政局办的是真离婚。"

"还有一个问题，假离婚，银行看不出吗？"大宝又问。

"银行为了放贷,睁一只眼闭一只眼,他们才不管你是真离婚假离婚呢。"售楼小姐说,"银行想做你的业务,它就不管你的证件真假,只要有就可以了。出了问题,银行可以说,'我又不负责证件真假的鉴定',对不对?"

你看着我,我看着你。我和大宝都在做思想斗争。

小别墅太漂亮了,以至于我们根本都不想再提起第一次看的三房。

三房在我们心中,直接被"拍死"了。

小别墅啊小别墅。

桂花啊桂花。

阳台啊阳台。

看月亮啊看月亮。

露台啊露台。

竹子啊竹子。

一盏普洱啊一盏普洱啊。

魂被勾走了啊魂被勾走了啊。

大宝说话了:"我担心假离婚证办了,我们成了真离婚,房贷这么高,保不准夫妻不和。"

我顺着话说:"我也担心。"

"哎哟,你这个人怎么这么讨厌,真没有责任感。"大宝怒斥。

"要不,试试。"我望天,"先办个离婚证。"

"是办个假离婚证！"大宝喝令。

"对，到民政局办个假离婚证！"我说。

"到天桥下办！"大宝掐着我，"贫、贫、贫，贫得像只猴。"

我们在著名的"真实惠"农贸市场天桥下办假离婚证的事情，大宝她爸知道了。估计是大宝说漏嘴了。她们父女俩亲密无间，无话不说。

晚饭后，她爸叫我到书房里看看他写的毛笔字。

两个男人关在小屋子里。

当兵的人直来直去，毛笔字没开写，话题先打开了："奋斗，听说你们办了离婚证，哦，假的离婚证。"

"是，假的离婚证。"我老实交代，"美好想在新区买个房，二次置业，国家政策限制贷款，办了假离婚证，可以当一次置业，首付轻松一些。"

"我不管你们这些。我担心你们假戏真做。别假离婚最后成真离婚了。"

"怎么会？爸，你放心，不会的。"

"不会就好。我就是这么一担心。美好也是，你们有一套房了，还置什么业啊，负担还不重啊？自找苦吃。我跟她说，她却说我思想老旧，奥特了，唉。"

"不是你奥特，是深圳的交通奥特了。汽车太多，道路消化不良。害得美好被逼无奈去二次置业。"

"也是。我看新闻说,深圳汽车保有量都过二百万辆了,这些车首尾相连可以停满深圳所有的主干道,还不够!"大宝她爸一脸的忧国忧民。

假离婚证,在派出所里失而复得,握在手里。我和大宝再次找到了售楼小姐。

售楼小姐喜滋滋地领着我们再看了一个别墅样板间。比我们之前看的要多一层,之外,地下一楼还多了一个家庭影院播放室。"还可以打麻将,这个空间最大的特点就是隔音,看环绕立体声的电影、听唱片、打麻将、斗地主,门一关,不会影响到老人。"售楼小姐极力推荐。

这个售楼小姐好坏!

诱惑我们买更大的!

我和大宝相视一笑:"是不错,可我们不考虑。太大了,太浪费了,就考虑上次那个小的吧。"

"好。"售楼小姐把我们领回售楼处。

直接办手续,复印各种证件。

填各种表。

登记的是大宝的名字。

大宝反过头问:"为什么用我的名字买?"

我谄媚道:"让你独占个人财产。"

大宝皱了我一鼻子,说:"好感动。"然后又转而一句:"你不是有什么情况吧,以后找小三好有台阶下。"

"咳。"我叹口长气,"小三再美,小四再媚,法律承认的,始终是你这个原配。"

"小样,还顺着杆子往上爬了。"

在大宝签下"柴美好"三个字时,我突然想起岳父大人的提醒:"小心假戏真做。"

我一个寒战。

月供七千多。

断供怎么办?

房子被银行收回怎么办?

双方为之发生争吵怎么办?

一套房引发离婚大战,那真是人间惨案。

这样的人间惨案,不少。

这事应该不会发生在我和大宝身上吧?

谁又说得准呢?

心情顿时十五个铁桶打水——七上八下。

好在大宝没看出来,签完一溜名字后,小欢欣、小雀跃撒在脸上:"奋斗同学,为了美好生活,继续奋斗啊!"

傻大妞一个。我掩饰不住颓丧,问:"首付四十八万,在哪里?真要卖旧买新吗?"

"车到山前必有路。"大宝天生一个乐天派,胸大,无脑。

呵呵。

呵呵。

事情没办成。

假离婚证被银行"揪"了出来。

比我们更伤心的要数售楼小姐。

一单一百六十万成交额的生意,就这样飞了。

"风声突然紧了,银行不敢做了。"售楼小姐把假离婚证书、大宝的各种资料交给我们,"唉,我们的运气都不好。"

大宝有点伤神。

我表面上伤神,但心里还是有点高兴,突然松了一口气似的。

我发短信给大宝她爸,传递现场消息。

她爸飞快发回一个字:

"好。"

看来高兴的,不止我一个人。

可怜柴美好同学,别墅梦碎,竹篮打水。

"伤心。"大宝不思茶饭。

"伤心,还好,伤胃,就不好了。"我宽慰之。

知女莫如父。

晚上,大宝她爸特意做了一桌子好菜。

先是畅谈他的个人苦难史、奋斗史,然后话题引到我们小家庭:"还是你们这代人好啊,一个记者,一个公务员,工作稳定,年收入加起来小三十万,中产,幸福。"

大宝不领情:"狗屁中产。一个中产家庭连惠州的一套房子都买不起。"

"行了,别不知足。好歹你们也有一套房了。当年要是不听我的,你连一套房都买不起,更别谈二套房了。"大宝她妈一句话,灭了整个战场,让大宝从此闭嘴,不敢再谈二套房。

谈到一套房,还真是,多亏了大宝她妈。

二〇〇五年一月一日,结婚了。

我二十五。

大宝二十四。

都还是小屁孩。

结了就结了,生活照旧。

工作,加班。

下班之后约个饭局,一到周末组团活动。

你有你的组织,我有我的圈子,偶尔两军会师一场混战,互相渗透不分敌我。

房子方面,倒是结束了双人床单人睡、两个枕头不成对的不堪局面。

那时,大宝公务员有个周转房,在市里一个水库边上,一房一厅,将近五十个平方,不算小,租金便宜得真的可以忽略不计。

我享受不了这个待遇,租的是小区房,也是一房一厅,万科开发的一个小区,距离报社有点距离,但环境超好,有个大湖,木栈道伸进湖中央,颇具闲情逸致。另外,小区里,二十四小时便利店好几个,晚上写稿饿了,下个楼,就能吃到味道不错的鱼蛋、牛肉丸,还有免费杂志看。我从毕业第一天就租在那儿,舍不得搬。当然，租金不菲，一年涨百分之十，搬离前，一个月要到一千八。

结婚了，自然要讲究"节能环保"，我搬进了大宝的周转房里。

省下的租金，全花在精神产品上了。

因为周转房出门就是一个大购物中心，购物中心里有电影院。

每周都要进两到三次电影院。

管它是美国的好莱坞，印度的宝莱坞，还是国产的"老大粗"（情节老套、主题宏大、粗制滥造），都看。这一点，我和大宝默契得像出自同一个基因。

二〇〇五年，我的父母和大宝父母都还没退休。他们也不管我们。似乎他们把我们养大的目的，就是有一天可以对我们不闻不问。

那个时候，我工作快三年了。也正好赶上报纸的好时光。

报纸的好时光，可以说，正好从我进报社开始，二〇〇二年。

报社名义上是事业单位，但在深圳，早就实行企业化运作了。深圳报业集团是老大哥，我们传媒集团是小老弟。老大哥怎么做，小老弟就有样学样。

报社企业化经营，意味着自负盈亏，还要纳税。报纸效益好不好，自然在纳税上就体现出来了。嘿，那几年，深圳的纳税大户，几大报社都榜上有名，和烟草公司、电子集团、房地产集团站在一起，威武。

那几年，报纸为何迎来好时光？

倒不是说报纸办得如何好,而是时代造英雄。

怎么讲?

一张报纸怎么赚钱,白痴都晓得,靠广告。只有白痴他爹说,靠卖报纸。

报纸能卖几个钱?一块钱的报纸批发给报摊,才五毛六毛,可一份报纸的成本你可晓得有多少?将近两块。现在都是"厚报时代",动不动就是一百个版、一百二十个版,中间还夹着一小叠铜版纸。多少次,报摊上的报纸被神秘人士悉数收走,刚开始还以为是被曝光单位恶性收购,后来派人一查,原来是收废品的干的。新报纸当废品卖,都不止卖一块钱。

靠广告,主要是靠房地产广告。

广告多了去了。各种各样的广告。证件丢了,登个申明,是广告。发廊倒闭了,转让,是广告。小工厂找个钳工,是广告。超市促销,一堆特价货,是广告。电影院片场排期,是广告。如此等等,都是广告。但都是小客户。小钱小米。

大客户是房地产商,是万恶的房地产商。

深圳的房地产市场,二○○一年开始逐渐升温。最早提出商品房、卖楼花、买期房……深圳的房地产走在全国的前列。几乎中国最牛的地产公司,都在深圳有代表作。全国建筑看深圳,讲的就是这个道理。早些年,房地产商向政府拿地的价格低啊,呼啦一下,房地产商成了最有钱的人。

有钱人投放广告,那是舍得的。

一个版,区区几十万,算什么?一套房而已。

砸！

砸钱！

往死里砸！

头版不行，二版，二版不行，三版，总之必须放在A叠本地新闻版。

哪天贵，做哪天。周四周五最贵，那就周四周五做。周六周日最便宜，再便宜也不做。

房地产广告火爆从二〇〇五年显现，二〇〇七年达到高峰。翻看报纸，到处都是"海景洋房"、"巴洛克风格"、"欧陆风情"、"至尊大府"这些吓死人的广告词。

报社成了受益者。

赤裸裸的受益者。

一个版面就是一套房，一年下来，多少进账！

广告额火箭一样往上飙。

效益好，奖金高，报社员工的福利也因此达到历史最高。

工资加奖金，人人过万，还不止。

跟外地同行介绍自己来自深圳，没有人跟你谈新闻，他们只会说一句话："你们工资高啊。"

正因为赶上好时光，我从来就没感觉缺过钱，工作勤勤恳恳，拼命写稿，工作之余大手大脚，毫无规划，住着大宝的周转房，从未想过要买房。

到了二〇〇五年，我的存折已经有了三十好几万。

看到钱多，心就慌。

花出去啊。

于是，结婚次月，我就花了出去。入手一辆本田越野，将近三十万，存折清爽了许多，仅剩零头数万。

拿到车，正好是春节，扬扬得意带着媳妇回家拜见父母。

看到儿子带着乖巧的媳妇回家，还开着一辆大汽车，脸上挂着彩，连睡觉都是乐呵呵的。

我的父母一直在内地三线小城，双双都是师范学院的老师，老爸教《中国历史》，老妈教《世界历史》，一辈子躲在书斋里，史海钩沉，对外界形势知之甚少，更加没意识到房价会暴涨。在他们的世界里，房子么，工作这么稳定，还不容易？安居乐业、安居乐业，都已经乐业了，安居不是水到渠成么？

倒是春节假期回到深圳，大宝她妈正式跟我们提了下买房的事："房价一天天在涨，没感觉吗？早点考虑买房，不然，以后孩子睡床底吗？"

大宝反驳："现在租房不挺好的吗？这房价这么高，五六千一平，我一个月还不够一平。就是有钱我也不买，都是奸商们抬的价，泡沫迟早有一天会破。"

大宝她妈对房价也看不准，听着女儿的"泡沫论"，不再多勉强，只是用提醒的语气说："成家了，还是要有个自己的房子，不然，哪叫家？"

我当时听进去了，觉得应该买个自己的房，当时没有首付必须几成之说，随便给，五十万的房，你付十万就可以了，余下四十万贷款，贷三十年，每月也就两千出头一点，付得起。

043

但每次想启动买房之旅时,要么没时间,要么嫌麻烦,又要单位写收入证明,又要到银行办理借贷手续,填一堆资料,跑无数趟,这个那个的,想想都头大。

总觉得买房这事跟自己还很遥远。

不急。

房事,就这样,拖了下来。

我在拖。

大宝在抵制,谈房价言必谈"泡沫"。

国家政策呢,就像和大宝说好了似的,二〇〇五年,一条一条地出台,调子都很统一:打压房地产市场,规范房地产市场。今天规定,购房两年内转手须全额征收营业税;明天规定,待售房源不得提前登记、集中开盘、分期销售;严禁炒卖楼花,未办房产证二手房不得销售;后天规定,商品房必须明码标价;等等。

这让大宝更是坚定了和国家政策一条心的信心。"政府在调控,房价必跌无疑。"任何场合,甚至看到电视里讨论房价,她都恨不得一手伸进电视里,把鼓励老百姓买房的专家揪出来,一通大骂。

唯有大宝她妈在着急。

她妈不管什么政策不政策,只认现实。

政策是在打压,可现实在飞涨啊。

她妈逮着我们一次说一次,有理有据:"你看这条短信,中介发来的,说我们这旧房子现在七千一平,好,再看这条,一个月之后的,涨到七千六了,好,再看昨天发的这条,八千了,五天功夫,一平米涨了四百块!"

国庆,十月一日,俩老人打了个车,悄无声息跑到我们住的周转房小窝,突然袭击。要我们一定带着他们去盐田溪涌沙滩,看海:"早餐别吃了,你爸都买了豆浆油条,车上轮着吃。"

一家四口去了,呼呼到了溪涌。好家伙,一大早就人山人海了。真是奇了个怪。走近一看,这哪是来看海的人啊,都是来买房的。万科"十七英里"楼盘的销售现场。人挤人,排长队选房。选房比选美火爆一万倍。

"美好,让你这个'泡沫论',开开眼!"大宝她妈得意得不行,然后让我现场采访一个人。这有什么好采访的,眼睛不是瞎子,是不是托,我当然辨认得出。

当然不是托。

火爆。是真火爆。

那天我们一家四口在海边吃了餐海鲜,然后各自暗怀心事地回去了。

一路上,大家无言。

大家都在琢磨一个问题:这房价真的疯了吗?

晚上,看电视,第一条新闻就是"十七英里"。一个胖墩面对镜头说,早上八点半,他就赶到了,在经历了七个小时的烈日之后,仍然没有选到房。然后播出的画面是,未选到房的愤怒的购房者砸了售楼处。随之播出的画外音是:"尽管房价从一万六千块一平方米直接涨到两万一千块一平方米,但还是卖光了。"

一天之内涨五千块！

还卖光了！

上帝啊！

想起以前就听说过的一个新闻，说宝安中心区一个楼盘开盘当日，凌晨时分就有人排队等候认购。通过亲眼所见，我信了。

大宝从此闭嘴，再也不谈"泡沫"。

并且，大梦初醒。

二〇〇五年底，一家四口频繁看房。

周末，哪里有售楼车，就去哪里。

典型的四只无头苍蝇。

自然是一事无成，反而让自己更着急。

因为房价天天在蹦。蹦床一样，越蹦越高。

最怕麻烦的我，提了个合理化建议：房子买在大宝爸妈附近，一手房、二手房皆可；大小在一百平方左右。

大宝她爸第一个同意。过几天，母女俩投了赞成票。

周边就这几个楼盘，而且都是二手房。

那就选"青青世界"吧。

这个小区是香港一家老牌开发商建的，物业管理也是他们自己的团队，不像有的小区，楼建好了，也建得很漂亮，但物业管理很操蛋，光收物业费，不管理，白搭。

九十八个平方，各种税费、佣金加起来，不多不少，正好一个整数，一百万。我的存折里有十二三万，留一点生活费，拿出十万，大宝居然还存了五万，也拿了出来，她爸妈死活也要支援五万。二十万出去了。贷款八十万。本来要贷三十年，大宝她妈坚决不同意："贷八十万，利息一百万，利息都可以给你们孩子买套房了，你一辈子都给银行打工。"

"可时间短了，每月压力大啊，一点自由都没了。"大宝甩手跺脚。

我也支持大宝，腆着脸对她妈说："压力太大，日子难过，别夏天到了，穷到连西北风都喝不到。"

最后的结果是折中，八十万，贷了二十年。月供将近六千。

还好，主家的装修不错，简洁大方。不用动。省了一笔大钱。

添置了几样家具：沙发、衣柜、厨具。

就这样成了房子的主人，业主。

入住当晚，我和大宝怎么也睡不着，第一次感觉两人这才像对夫妻，有个无形的东西，把两人死死捆住，勒紧，再勒紧。

黑暗中，我摸摸大宝的手。

小样居然拳头紧握。

是紧张呢，还是激动呢？

我试图摊平她的拳头，没想到她一手把我抓住了。

她和我一样，压根就没睡着！

"终于有房了。"大宝喃喃自语。

"嗯。"

"终于没钱了。"大宝继续。

"嗯。"

047

"终于没自由了。"大宝还在叽歪。

"嗯。"

"终于要斤斤计较了。"大宝继续叽歪。

"嗯。"

大宝忍不住我一直"嗯"下去,掐了我一把:"贫嘴大王,你怎么哑火了?"

我实话实说:"心情有点沉重。"

"怎么了?"大宝问。

"本来,这个房子应该是我单独买起,你来住,没想到还是花了你和你爸妈的钱。"

"虚伪!"

"真心话!"我望着大宝说,"嗯?你说你希望我们生个儿子还是女儿?"

"嗯……儿子吧。"大宝说,"儿子好养。"

"嗯……我希望是女儿。"我唱了个反调,"女儿大了,一般不用买房。"

"哎哟,没出息的家伙。"大宝踢了我一脚,"重男轻女的封建思想,中国几千年都没解决掉,居然让一间房子瓦解了。"

"唉……"我叹息。

"叹个啥气,你叫奋斗,我叫美好,我们一奋斗就会美好。"大宝见我消沉,她就高亢,此消彼长,天生一对,"来,起来!"

"干吗?"

"算账!"大宝按亮了台灯,找出纸笔,算了起来。

"小区环境好，管理细致，同时意味着费用高。三块八一平米的收费，哎哟，三八多难听，直接四得了，一个月管理费就将近四百。停车费，二百五。哎哟，这香港人不懂大陆风俗，定这么个价格，真是二百五。水电、煤气、有线电视、固定电话，我不懂，你也不懂，全部扫起来，估计两千块钱才能基本搞定。"大宝一项一项地列出来。

"还有你的车。认真算算，一个月花在车上的钱有多少。"大宝算第二大项。

"妈的，今晚零点起，97号汽油也涨价了，直接破四。后悔买越野车了。太耗油，喝水似的。一箱油五十升，加一次两百，一个月至少八次，加上外出停车，两千块下不来。"我说。

"月供六千，车两千，还有物管、水电那项杂费两千，一万块飞掉啦。"大宝把"啦"字拖得很长。

"还有吃的、应酬、你买衣服、你买化妆品、我买书、电影、娱乐，一样都不能少。这个你算过吗？"我问。

"头都是大的。我保证以后少买衣服、化妆品。"

"每年过年给各自父母一万元，也是雷打不动的。"

"必须的。"

那个时候，大宝公务员的工资还没涨起来，一个月五六千，我过万多一点。但是很明显的，财力吃紧。

最能体现财力吃紧的是，有一次，我们因为旅行发生了争吵。

我每年有一个礼拜的公休假。这一个礼拜太难得，每次我都会早早安排好，当然是旅行。

我喜欢独自旅行。这个"独自"有两层意思：不跟团，独自一个人自助游；跟团，但独自一人，不带任何朋友、亲属，包括大宝。就是想一个人。没别的意思。

这个大宝知道。

好了，那个年末之旅，我要去日本，雪中泡温泉，抬头遥望富士山。

出境，必须跟团。

行程六天。

费用六千。

大宝旁敲侧击后，知道我居然要去日本，龙颜不悦。

"天！还敢旅行？"大宝说，"花近万大元到小日本那里……"

"就六千团费。"我更正。

"团费六千。你去到不消费吗？你这个书虫，你会不买日本的杂志、画册、书、碟、玩具？你会忍得住？"大宝抓住了我的把柄，看我无言，又给我一个台阶下，"你会不给我带纪念品？"

"肯定给你带礼物。"

"那不是还要花钱吗。马上过年了，各自父母一万块的孝敬钱都没准备好，还是别把钱花给小日本了。"大宝真是会动之以情，晓之以理，"你注意到没有，我的变化？"

"啥变化？"

"看电影的时候。"

"怎么了？"我有点搞不懂。

"现在看电影，我都不买爆米花了。省了好几十呢。"

"I 服了 You。"

就这样，我取消了日本雪中温泉行。

丢了便宜必须卖乖。我自然不忘邀功、博同情："一个老公好不好，不是看对方会为你做什么，而是看对方会为你而改变什么。"

一句话把大宝感动得……

后来，每次谈到旅行，大宝就特别卑贱地说："我们来个省内游吧。"

看我不说话，她又说："实在不行，就香港或者澳门吧。好歹也算出省了。"

"何止出省，都出境了。"我揶揄之。

"嘀，瞧你可怜样。"大宝大手一挥，"明天请你吃大餐，作为补偿。说，西餐，还是中餐？"

"西餐！"

"好，麦当劳！"

"中餐！"

"行，真功夫！"

"啊呸！"

"哈哈哈！"

04　有了孩子有一堆事，一堆花钱的事

密密麻麻的高楼大厦

找不到我的家

在人来人往的拥挤街道

浪迹天涯

我身上背着重重的壳

努力往上爬

却永永远远跟不上

飞涨的房价

给我一个小小的家

蜗牛的家

能挡风遮雨的地方

不必太大

给我一个小小的家

蜗牛的家

一个属于自己温暖的

蜗牛的家

自从有了房子后,大宝特别喜欢唱这首歌,《蜗牛的家》,歌声里充满了悲怆。

大宝给我普及音乐知识:"小学的时候,老师教过这首歌,当小动物歌曲唱,一点也不悲怆,'我身上背着重重的壳,努力往上爬',觉得好可爱好可爱,好勇敢好勇敢。现在找到所有的版本,原唱苏芮的、郑智化的、水木年华的,再听,一个比一个悲怆。"

"小时候你听这首歌,蜗牛是小动物,可爱。现在呢,我们就是那只蜗牛,所以就不可爱了,可悲了。"我说,"另外一点,蜗牛是在城市里的道路上爬,累了,可以歇一会儿;我们呢,是在高速公路上爬,不能停,不准停,停不了!"

很快,蜗牛身上又多了一层壳。

小宝意外出现了。

一个纯属意外的事故。

事故变成了故事。

二〇〇六年春天一过,大宝感觉不对劲,胃口特好,"好朋友"不告而别两个月、三个月。买菜的时候顺带买了条试纸,一验,两道红杠。医院一查,阳性。真的有了,怀孕了。

好在大家对这个意外事件没有什么反对意见。

两家的父母巨开心。

大宝她爸一见到我就悄悄地竖大拇指，潜台词是："小子，你干了件好事。"

我老爸，据说在学校围墙外头放了一串鞭炮，以示庆祝，结果还被城管抓住了。城管头头一看，是自己的老师，握了个手，口头警告，没做处罚。

大宝她妈正好办下了退休手续，一天到晚就围着女儿转，各种经验传授，各种教训吸取，把她的那些话录下来，简直就是一个中国版的《怀孕圣经》。

那年正是我事业小有成就的一年，几个民生调查连连获奖，省、市、国家各种奖，都不落下。

经过三四年的锤炼，我成了《晨报》的骨干记者。大头像每个月都上墙，配着一段新闻理想，用词低调而张扬，噌噌地冒着热气，人模狗样。

三月的全国两会报道一结束，报社开展"活血计划"。其实就是人事调整，老人下，新人上，把舞台留给年轻人。

一时间，各个部门都搞竞争上岗，业务学习氛围十分浓厚，一条三百字的稿子，恨不得要把它写出花来。还暗中比较，一个版上，你我同一批进报社，都是本科，看谁的活儿漂亮，看谁的标题短而精，看谁的导语有没有超过一百个字。一些文字记者，还自己拍图片，显摆自己的第二技艺。同样，一些摄影记者也自写稿件，不甘落后。

正是要求上进的年纪，自然参选。我一直报道突发新闻，最合适的职位是民生新闻组组长、副组长。这个组负责老百姓的衣、食、住、行、吃、喝、拉、撒,大街小巷里的纠纷。我喜欢这种走街串巷、观察生活的采访方式,一会儿扮个消费者,调查地沟油,一会儿演个小老板,暗访黑心棉。精心策划,惊心动魄。

这哪是记者?

分明是演员。

人格分裂。

身份错乱。

装疯卖傻。

深入虎穴。

为民除害。

为民解忧。

刺激。

爽。

报名竞选。

势在必得。

发表演说。

评委打分。

编委讨论。

公布结果:姚奋斗,民生新闻组组长!……副的。

正的,是老杨,这个山东大汉本来就是我的领导,人品和业务一样好,俺服。

副的就副的,能力得到了肯定。不用早上一个报题会,下午一个编前会,乐得自在。继续当一线记者,还挂了个职务,关键是多了一笔职务工资,奖金系数从1.0涨到了1.6。妈呀,这个太美了。

挂了头衔就得更加卖力。

我爸那个时候,正好被学校返聘,继续发挥人类灵魂工程师的余热。我问老爸,为何还要执鞭三尺站讲台?老爸答道:"能够让人发生深刻转变的东西,除了钱、钱、钱,还是钱、钱、钱。"

太实在了,老爸。

后来,想想又有点心酸。他一把年纪多挣两个铜臭,为了谁?还不是为了儿子。

我是他的大儿子。没怎么要他操心。

可他还有个二儿子,小我一岁的弟弟,姚奋进。姚奋进当时在帝都北京,攻读博士,想起都头大的学位,哲学,而且,即将毕业。

即将毕业,意味着即将买房、恋爱、结婚、生子。

一堆的事。

一堆要花钱的事。

唉。

为了事业,也为了Money,冲啊。

以至于,每次困难重重、压力巨大的时候,我就冥想念经:"唵嘛呢叭咪吽",舌头偷懒点就是一句英文:"All money go my home!"

这导致大宝怀孕期间,我的任务基本上就是晚上回到家,问她妈一句话:"没事吧?"

据说她那个时候反应特别大,吃了吐,吐了吃,哎哟,整一个进食小漏斗。

漫长十月,我能描述的就是这么一个细节,现在回忆起来,都有点惭愧。

二〇〇六年平安夜,据说,深圳同期气温史上最低,我的宝贝儿子姚小宝,降临了。"Jingle bells, jingle bells, jingle all the way!"圣诞歌曲《铃儿叮当响》全城播放,都是在为他歌唱、祈祷、祝福。

这首听得耳朵起茧的歌曲,我特意百度了一下它的中文歌词,最后几句是这样的:

> 白雪遍地,
> 趁这年青好时光,
> 带上亲爱的朋友,
> 把滑雪歌儿唱。
> 有一匹栗色马,
> 它日行千里长,
> 我们把它套在雪橇上,
> 就飞奔向前方。

多美好的歌词,多美好的生活,比大宝柴美好的名字还要美好。可是这美好,也就美好了一夜,接下来的育儿生活,真是如歌

里唱的那样:

"日行千里长。"

日行千里,哇,好累呀!

养个孩子到底要花多少钱?

不敢算,也不想算。

小宝从零岁滚到现在,最大的感受是:

"孩子是个无底洞。"

再多的人民币都填不满。

第一次和大宝去买奶粉。

第一个问题,去哪里买?

楼下就有便民超市,太小了,选择少,Pass掉。

两站地,有个"好又多"超市,太平民了,不高档,Pass掉。

沃尔玛,家乐福,老外开的,还是不行,大仓库似的,不精致,Pass掉。

全都Pass掉。

和所有苦哈哈的为人父母者一样,一大早过境,奔资本主义地区,香港。

进口。

必须进口。

买的就是心安。

最贵。

必须最贵。

便宜无好货,好货不便宜。

有什么好商量的?

没有一点好商量的。

都是为了小宝。

雅培菁智。惠氏启赋。合生元。

原装进口,全英文包装。

一次两桶,广东话:"丫千蚊。"

可怜的,不止天下父母心,还有父母薪。

香港店员知道你是内地来的,看你抱着铁罐,还会操一口半生不熟的普通话,给你推销牛初乳、DHA:"新生儿要多补补介个,宝宝才更强壮。"

我问:"系不系啊,大佬?"

店员笑颜如花:"当然系啦。"

"那就买。"我爽快得很。

大宝发话:"慢着,那么贵。"

然后大宝开始对着牛初乳、DHA研究。都是英文说明,碰到不懂的单词,她就掏出电子词典,一个一个单词地查!

整一个阅读理解啊!

我好不耐烦。干脆坐在一边等。

等啊等,终于听到她招呼我了。

我跑过去,她说了一句话:"大概意思看懂了,确实挺管用。"

"然后呢？"我问。

"彻底贯彻一句话：穷什么不能穷教育，省什么不能省孩子。"大宝说完，顿了一会儿，问，"你愿意让小宝输在起跑线上吗？"

"不愿意。"

"然后呢？"轮到大宝问我"然后呢"。

"买。"我没好声好气，"我不早说了吗，一个字，买。"

还有尿片，都是必需品，两个字，买呗。

还有小衣服、小鞋子、小袜子、小帽子。

都很漂亮。

都很贵。

但我不赞同买这些消耗品。

可大宝看到就赶不走了。

女人对外表打扮的东西，天生有好感。

一买就松不了手。

还有小玩具、益智玩具、拼图玩具、数字算盘，等等。

买得连她自己都不好意思，说："我发誓，再往货架伸手我就砍手。"

"结果发现自己是千手观音。"我帮她补充。

挣钱就像扔石头打飞机，太难了；花钱就像蒲公英丢进风里，一下子没了。

手里拖着一箱子的婴幼儿用品，心里想着永远失去了的人民币，疲惫地按动门铃。

开门的是保姆。

然后看到月嫂。

这两个憨厚可掬的女人,可是高消费啊。

孩子头几个月,必须请月嫂。

有大宝她妈在,也必须得请。时代不同了,连抱孩子的姿势都不同了。

你问任何一个过来人,都会告诉你,必须得请。

你到医院,医生也是这么建议。

你看报纸,都在报道"月嫂荒"。

整个社会都在营造这么一种氛围。

专业化。

育儿专业化。

喂奶专业化。

连洗澡澡都要专业化。

哄宝宝睡觉都要专业化。

疯了,什么世道。

你可以说是人们的心理在作祟。

你可以说是有人在培育市场,在做大这个产业蛋糕。

你甚至可以说,这是时代的一种病。

你也可以说你受过高等教育,很理智,很清醒,有常识。

但你无法拒绝。

你无法拒绝潮流。

怎么办?

那就请吧。

五星级月嫂的工资比大宝公务员的工资贵。

一个月，八千。

八千，你嫌贵？还有一万、一万五的。

这个工种，可是稀奇货。

有个真实的故事是："某女，一开始被招进家政公司做月嫂，月入超万，而且想休假就休假。她志向远大，不干，吭哧吭哧读了博士，当了妇产科大夫，于是大夜班是家常，急救是便饭。收入呢，月入五千紧巴巴，还常被人怀疑收红包拿回扣。一点点失误，就是医疗事故，还有被患者砍杀的危险。最后，她惊呼：真是知识改变命运啊！"

还有保姆，一个月三千。

算算吧。

好在月嫂顶多请三个月。

每次到ATM机上取钱，都是五千五千地取。

花钱容易赚钱太他妈的难。

心疼。

太心疼。

太心疼了。

取款机吐钱的声音，想起都做噩梦。

咔咔咔、咔咔咔。

那声音，让我想到一个场景：有人在挖山，咔咔咔、咔咔咔，一个石头一个石头地卸出来，山越挖越空，越挖越空，空得都要像气球一样升起来了，又随时会掉下来，砸到人，砸死人……

记得很清楚的一个晚上，二〇〇七年，四月一日，愚人节，哄孩子哄烦了，大宝冷不丁冒一句："我们都才二十六七八岁，又是房奴，又是孩奴，一辈子就这么完了。看看我们那些同学，还正在享受恋爱呢，花枝招展，夜夜笙歌，哪像我们，披头散发，严重缺觉，面容憔悴，整一个小老头、小老太太。"

知道这是气话。

但我也唯有一声叹息。

而后又安慰她："我们是先苦后甜，你那些同学看上去很潇洒，慢慢地就不潇洒了，她们马上就是剩女啦。还有，再艰难，我们也比街上的农民工幸福呀，按你爸说的，好歹我们也是中产，工作稳定，年收入将近三十万，还是不错的……"

"不错个屁。"大宝粗暴地打断我的话，"三十万，三十万，看看我们一年剩多少，看看你都两年没出省游了，还中产，中产个屁！"

"还有！"大宝嘴皮子停不下来，跟我侃侃而谈，知识面还挺宽，"我们哪有农民工兄弟幸福？说回家过年就回家过年，你要他加班，他不乐意，拍屁股走人，工作说不要就不要啦。你敢吗？他们有的是退路，回家可以种田，至少衣食无忧。要知道，现在农村不仅免了农业税，而且粮价、肉价、蛋价，涨得比股市还快！"

05　抠成老公，炒成股东

　　大宝愚人节晚上与我侃侃而谈的人生顿悟里，有一个词，一点也不关键，但这个词，对于当时的中国和……我来说，却相当关键。

　　这个词是：

　　股市。

　　啊，股市。

　　我相信，至少有数以万计的人，跟我一样，一开始是觉得这辈子不可能跟股票沾边的。

　　我怎么可能会玩股票呢？

　　不可能。

　　股票，一听这名字，就觉得跟资本主义有关，一定不是个好东西，肯定是和赌博一样的东西，是毒害人类心灵的东西，是"黄赌毒"。

大学学的是文，对股票更是一无所知。虽然有政治经济学的课，但那不是主课，都睡过去了。再说，政治经济学，好像也不怎么讲股票。

到了深圳。

中国两大证券交易所，一个就在深圳啊。

第一天到深圳，在地王大厦拍照，然后又到小平画像广场拍。

最后一个景是背"靠"地王大厦，拍背后的深南大道、人民银行、书城、深发展大厦和证券交易所。

知道照片里右手边的那栋楼叫证券交易所，但并不明白里面到底是干吗的。

红马甲？

举锤拍卖？

还是机房重地？

当了记者，报纸里有股票版。每天密密麻麻的两个整版，蚂蚁似的登着各种行情。垫桌子的时候，偶尔扫过一眼，看不懂。

也听同事谈过，这个股票，那个股票，这个代码，那个代码，什么涨停板、跌停板。

模模糊糊。

有次接待北京来的同学，谈及我对门宿舍一哥们，炒股票了，发了。

我第一反应不是羡慕，而是担心他因此失足，把自己玩完了。

因为类似的故事听多了，什么千万富翁炒股票，负债累累，最后跳楼自杀。

你说我这样的人是不是很少见？

但我敢说，一定有很多人，和我感同身受。

不是知识面窄，而是对股票不关心。

不感兴趣。

所以就有上面这些可笑的认识。

但后来为什么感兴趣了？

甚至成了半个专家：即使半年不看K线图，我都能跟你分析股市走向，要宏观有宏观，要微观有微观，滴水不漏，逻辑缜密，把你整得迷迷糊糊，以为大师就在身边。

为什么会这样？

咳，还不是因为，一个字：

"钱。"

也不完全是因为钱。

也是人处于时代大潮中的身不由己。

迟早会卷入。

因为你是小中产。

小中产一定会染指一个词：

"投资。"

二〇〇七年，全中国的人都在谈论股市。

今天大盘怎么样？

又涨了。

你那只股票怎么样?

翻倍了。

有什么好股推荐?

不用推荐,买就是,必涨。

厉以宁都说了,中国股市很健康,早晚冲上3000点。

股市就是提款机。

奥拓进去,奥迪出来。

饭馆吃饭、公交坐车、打的、买报纸、去采访,全都是这些对话。

一点不夸张,到处都是。

下岗女工借钱炒股一月赚十万,美女大学生投身股市两月赚四万,海归博士炒股得洋房……类似的故事,野火一样迅速蔓延。

股票从财经版,跳到了社会新闻版。股票不再是股票,是诺亚方舟的船票,人人都想要。

我就写过一个报道,讲一个老太太,癌症在身,一天到晚躺在医院里,长吁短叹,病恹恹的。慢慢地,她注意到一个现象,身边的病友、亲属都在谈股票,连医生、护士都在悄悄地谈。一到九点,病房里的电视就被固定在财经频道,一直到三点股市收市,仍不换频道,要一直等到股评专家点评完一天股市才放心。

老太太知道,股市火了。她想起,十年前,她也开过户,拿五万块钱,买过一只股,但被套牢了。后来这只股破罐子破摔,还烂成了ST,她也就没心思管了,连自己的账户、密码都忘了。

老太太委托人去证券公司要回了账号、密码。进去一查,老天爷，不得了，不得了啊！

ST股还是ST股，但是股票几个月内直线拉升，一块钱升到十二块，老太太不仅回本了，而且还赚了翻倍！

而且股票还在涨！

头天查是十万，过两天查就是十一万。

老太太精神大好，浑身来了劲。

下了病床，步伐稳健，走路回家了。

眼见为实。

还不能构成诱惑。

身边人的成功，才最具诱惑力。

一个昔日的同事，共事半年后，跳槽到了电视台。但还是经常会碰到一起采访。一天，他硬要载上我一起去新闻现场。原来他买了新车，奥迪A4。

"价值三十万。"这哥们显然是炫耀，"白捡了一台车。"

"怎么个白捡法？"

"别人拱手相送，不是白捡是什么？"

"谁送你这么贵的车？"

"万科和招商银行。"

我明白他意思了，买了万科和招商银行两只股票。

哥们问我有没炒股。

我摇头。

"古来征战几人回，一将功成万骨枯。"哥们来了一句唐诗，

"这是时代留给我们发财的机会,你不抓住,你就是傻子。"

和请月嫂一样,整个社会、媒体、民众,每一个角落都在席卷一个概念,你能"世界皆醉,唯我独醒"吗?

你可以说你受过高等教育,很清醒,很理智,有常识。但一个潮流袭来时,你难以拒绝。

个个都在谈股票。

有你听来的故事。

有你亲身经历的故事。

有你身边朋友的故事。

连大宝都在说股市飞涨:"很多同事,上班第一件事,就是打开电脑看行情。"

这年代,永远有两股力量挟持着你,去追赶时髦,当弄潮儿。一股力量是媒体,一股力量是熟人。

想想存折里还有十几万睡着的数字,想想奥拓进去奥迪出来,想想万科和招商银行如此大方,我,一介书生,拿着身份证,摸上了证券公司的大门。

一辈子都记得那天是二〇〇七年四月四日,星期三。天气,晴。

深圳红岭中路国信证券营业部。据说,它是连续十多年深交所成交量冠军,被称为"中国第一部"。四楼交易大厅的四个开户柜台前排着长队,原本作为大户和中户交易室的七楼、八楼、十楼也都临时增设了十多个开户柜台。

和楼盘开盘一样，又是一个人山人海。

大家的眼里写满焦躁。

深圳一句著名的口号，"时间就是金钱"，在这里，显示出来了。

股市涨起来，可不等人。

抓紧时间啊。

开了户，手里拿回两张股东代码卡。

成了股东。

成了谁的股东？

买谁的股票，就成谁的股东。

股东，多美好的一个词。那么清脆，念起来都带笑。

那就万科吧。

十五万。

马上行动。

等不及了。

在证券公司，找了个厕所。

厕所安静。

拨打买卖电话，输入自己账号、密码，按买入，按万科的代码，听报价，买入，买入，买入。

再查询自己的股份。

都买进去了。

放下电话。

走出厕所。

然后找电脑看行情。

压根没电脑。

都被占了。

门上写着"大户室"。

区区十五万肯定不是大户室。

你好意思去打扰人家吗？

不好意思。

人家那么紧张地操作着，你好意思吗？

不好意思。

怎么办，着急啊。

刚才买进的万科到底是涨是跌？

硬着头皮问一个老太太："可以帮我看看我的股票吗？"

老太太很和善，估计赚了不少："来，你用吧。"

老太太自己喝水去了。

我坐在电脑前，不会用！

连股市走势图叫K线，我都不知道。

老太太回来问我如何，我老实交代："我是新手，还不熟练，麻烦你帮我看看万科。"

"菜鸟！"老太太啪啪敲出万科的走势图，显示的数字比我刚买入的要高五分钱。

哈哈，赚了。

赚了多少？我拿出手机算了一下，好几百块。

天哪，几分钟就赚几百块。

我飞奔回家。

第一件事，开电脑，下载交易软件。

然后摸索，学习。

开市时间、收市时间。

涨停板、跌停板。

集合竞价。

T+1。

外盘、内盘。

换手。

K线、日K线、周K线、月K线。

我还做笔记。

无比专注。

看到前几个月火箭升天似的走势，心里大呼："错失良机，悔死我也。"

然后不停关注万科走势。

它的一举一动牵动着我的小心脏。

甭说有多紧张了。

三点到了，K线终于走到了终点。

刷新一下账户，红了，盈利一千大元。

哇塞，当股东真好。

怀着激越的心情，开车去接大宝下班。

直接去吃大餐，巴西烤肉。

大宝一脸的疑惑不解。

我说:"万科给我发钱了。"

大宝不是傻子,明白了,跟着我傻乐:"走,分享改革开放的成果去!"

当了万科股东不过瘾,换成了招商银行。

所有人都说招商银行服务很好,是最能赚钱的银行,在这个银行工作的员工,工资最高。所以,它具有投资价值。

呵呵,没几天,我就学会了什么叫投资价值。

屁颠屁颠学着看财务报表。

哇,好像都很牛。

我要做价值投资,像巴菲特那样。

呵呵,巴菲特我都知道了。

巴菲特说,买股票就是投资一家公司。

我恨不得像巴菲特那样做功课,出门找一家招商银行,实地考察下他们的服务、效率。然后把行长叫出来,让我看看最新的财务报表。

呵呵。算了,做足纸上功夫就可以了。

一对比,几天里,招商银行还真的比万科要涨得好。

于是,调仓换股。

换了股票,自然就天天盯着它。

不是天天,是时时刻刻。

没采访,就窝在家里,八点钟就坐在电脑前,浏览当日时事新闻，看几个股评家的博客和分析、预测。

九点十五分，就看集合竞价，看外盘大，还是内盘大。

紧张。

九点半时间一到，盘面上的数字就跳舞一样变动了，忽上忽下，时红时绿。

更紧张。

看到变绿了，恨不得跳进电脑里，把它给拔上来。

看到红上了，盯着买盘，等待大资金进场，呼啦一下，旱地拔葱，来个涨停板。

还真来了个涨停板，天哪，一天就赚了一万六。

晚上不敢懈怠，进入股吧里，看各种评论。

有人说明天还有涨停板，有人说庄家要逃了。

不知道听谁的好。

只好盼着天亮。

盼着开盘。

一开盘又大涨。

那个鼓舞人心啊。

我禁不住站起来，大掌一鼓："冲，给老子冲！"

冲了没半个小时，熄火了。

渐渐落下。

不会真要变绿吧？

果然变绿了，越跌越多。

"顶住啊顶住，给老子顶住！"我在心里发出怒吼的喊声。

昨天的战利品消失了三分之一。

怎么办？卖还是不卖？

这时候，翻看一个股评家的博客直播。哇，他预测的紫江企业还真冲得猛，涨了百分之六了。

眼看要涨停板。

追上去，等明天开盘惯性上涨，再找个高点出掉。

要追就早追，再不追就涨停了，想买也买不了了。

就这么定。

卖掉招商银行，买进紫江企业。

哎呀，买不进，紫江企业真要涨停了。

价格再多打一分钱，重新挂单。

呜呜，分三批，终于买进了。

哇，这个股价才几块钱，好几万股归到自己名下。

超有满足感。

咦，最后半个小时，怎么又跌下来了，由七点几跌倒二点几。

亏大了。

晚上沮丧得不想说话。

招商银行的涨停板等于零。

好好做做功课。

上紫江企业的官方网站，看年报，看收益，百度有关新闻报道。

好像还可以哦。

都是正面报道。

这家企业是做可口可乐、百事可乐公司的生意，专门负责生产可乐瓶。

中国每天喝多少可乐啊！

这个量无法估算。

可口可乐、百事可乐，世界多牛的公司。

五〇后、六〇后、七〇后、八〇后、九〇后、〇〇后，谁没喝过可乐？

找不出吧。

未来的一〇后、二〇后都要喝可乐吧？

必须的。

可乐公司有饭吃，难道还少得了紫江企业的份？

值得投资。

投资这家公司的现在和未来。

自信满满。

期盼天明，开盘。

终于开盘。

紫江企业还是绿。

天哪，怎么回事？

熬一天。

等待翻盘。

还是绿。

哇，亏了将近一万了。

算了，割肉吧。

天下好股千千万，实在不行咱就换。

割肉，疼；换股，忘了疼。

从四月到十月，整整半年，至少有三分之二的时间，我枯坐电脑前，陷入高价买进，涨了不知道跑，跌了舍不得卖，然后不得不割肉见血的"追涨杀跌"局面中。

其中买过中国铝业，买的时候不到二十，十月份最高峰到了六十。但我守不住，多动症频发，赚了点钱，就想换自认为更好的股，结果抱了芝麻，丢了西瓜。

到了二〇〇七年十月最后一天，股市冲到最高峰6124，开始崩盘。我的十五万本金只剩十一万。

又碰到电视台那哥们，他又嘚瑟，说："刚白捡了一辆甲壳虫，送给女朋友。"

我说："我丢了一辆QQ。"

十一月一到，大盘开始溜冰下滑。

我等了几天，突然想起一句股市名言："机会是跌出来的。"

跌好啊。

跌到底了，我就兜住。

我又恢复了自信。

半年多过去，我的存折，又存了些银子。大宝公务员也开始提工资，一开始是跟着国家公务员涨，然后又跟着深圳市公务员涨，两轮涨下来，过万了。

大宝觉得我是记者，掌握的各种信息比较多，便把她的存折也转给了我。投资的事由我来做主。

她嘟着小嘴说:"每个月股市战况,要及时跟我汇报哦。"

我不要脸地说:"给我一个支点,我能撬动整个地球。"

再充进去十五万。

找了个低点,满仓杀入。

天杀的,哪里是低点哦!

再一次卷入追涨杀跌的恶性循环。

套住了。

套牢了。

干脆死在里面,不动了。

广东话说男人最悲哀的两件事:抠女,抠成老公,炒股,炒成股东,我全占了。

每次,隔不了个把礼拜,大宝都会问:"战况如何?"

我答曰:"还好。"

个把礼拜后,又问:"战况如何?"

我答曰:"还好。"

反复几次问答,大宝再也不问了。

不死心啊不死心。

但也没办法,子弹打完了。

只好拼命工作。

对大宝更是好上加好。她说一,我绝对不敢说二,她说二,我比她更二。

生怕她再问:"战事如何?老娘的钱现在还剩多少?"

更害怕的是，老人、小孩的健康问题，万一生个大病，要个急钱，那就惨了。

好在，无恙，无恙。

到了二〇〇八年夏天，奥运前夕。

欲望复苏。

奥运，中国大事，世界大事。

不是都说中国股市是政策市，那这次股市总要配合配合，给个面子吧。

不看人面看国面。

子弹又有了。这次再也不敢挪用大宝的金库。

悄悄把自己的十万发子弹存了进去。

结果，奥运会开得很成功，股市，他妈的，很失败。

阴跌不止。

真的是，没有最低，只有更低。

再次被套。

再次被套牢。

春去秋来，春华秋实，神七都发射成功了，股票还看不到一丝希望。

到了二〇〇九年，有所反弹。

但我心早已被掏空，不敢再抱什么希望。

嘿，没想到股市一路小碎步，涨了小半年，从一千六百点涨到三千点。

欲望又抬头，十万发子弹又射了出去。

只希望，能把本金涨回来。

涨回来我的五十万，老子金盆洗手，再也不碰了。

可惜，这么朴实的希望都是奢望。

二〇一〇年，股市又踏着小碎步，踏回去了。

二〇一二年冬天，似乎又有上攻的嫌疑。

但我彻底彻底彻底死心了。

都连续一年不看K线。

连交易软件都不知什么时候被卸载掉了。

真的万念俱灰。

就是再涨回来我的五十万，又有什么用呢？

股还在，票却不在了。

二〇〇七年，深圳房价平均一万二三。

二〇一三年，深圳房价平均两万二三。

呜呼，哀哉。

大宝收回了财政大权。尽管到她手里，已经是一个烂摊子。

大宝让我吸取教训，总结经验。

我深刻反思。

最后总结如下：

第一，股票都是哪些人在炒？

中产者。

不仅仅是股票、期货、基金；古玩字画、茅台酒、兰花、普洱茶，等等，炒这些东西的人基本上都是中产者。穷人，吃都是问题，哪玩得起这个；大老板，真正的有钱人，他们玩实业，搞能源，和政府捆绑在一起，股票对他们来说，太小儿科了，还费精力。只有中产者，他们不上不下，积蓄有点钱后，最关心的就是如何让钱生点钱。投资是一个办法，比如几个人合伙开个饭馆，但是做生意赚钱往往比较慢，还要抽出人手，不太现实。于是，股市这个虚拟市场被青睐，一切都是电脑上操作，一天一赚就百分之十，十天就翻倍，多刺激。再加上，股市里的人，成千上万，还有各种制度、规则，是一种集体行为，你炒我炒大家炒，合法，有安全感。可实际上，并非所有中产者都懂得投资，无知者无畏的中产者随处可见。

第二，我们为什么会亏钱？

我曾经在网上看到过这么一个故事：

> 郁金香是荷兰的国花。然而在历史上，荷兰国花曾给这个老牌资本主义国家带来了一场经济灾难。
>
> 郁金香原产于小亚细亚。一五九三年，传入荷兰。十七世纪前半期，由于郁金香被引种到欧洲的时间很短，数量非常有限，因此价格极其昂贵。在崇尚浮华和奢侈的法国，很多达官显贵家里都摆有郁金香，作为观赏品和奢侈品向外人炫耀。当时就有法国人用价值三万法郎的珠宝去换取一只郁金香球茎。不过与荷兰比起来，这一切都显得微不足道。
>
> 当郁金香开始在荷兰流传后，一些机敏的投机商就开始大量囤积郁金香球茎以待价格上涨。不久，在报纸的鼓吹下，

人们对郁金香表现出一种病态的倾慕与热忱，并开始竞相抢购郁金香球茎。炒买郁金香的热潮蔓延为荷兰的全民运动。主力军当然是中产阶层。当时一千美元一朵的郁金香花根，不到一个月后就升值为两万美元了。一六三六年，一株稀有品种的郁金香竟然达到了与一辆马车、几匹马等值的地步。只过一年，一六三七年，一株名为"永远的奥古斯都"的郁金香售价高达六千七百荷兰盾，这笔钱足以买下阿姆斯特丹运河边的一幢豪宅，而当时荷兰人的平均年收入只有一百五十荷兰盾。就在人们沉浸在郁金香狂热中时，一场大崩溃近在眼前。由于卖方突然大量抛售，公众开始陷入恐慌，导致郁金香市场突然崩溃。一夜之间，郁金香球茎的价格一泻千里。虽然荷兰政府发出紧急声明，认为郁金香球茎价格无理由下跌，劝告市民停止抛售，但这些努力毫无用处。一个星期后，郁金香的价格已平均下跌了百分之九十，而那些普通的品种甚至不如一颗洋葱的售价。绝望之中，人们纷纷涌向法院，希望能够借助法律的力量挽回损失。后来，荷兰政府下令禁止投机式的郁金香交易，从而彻底击破了这次历史上空前的经济泡沫。

四百多年过去了，再看现在所有的炒作，无论是股票，还是古董、普洱茶等等，其实都在重复着当年荷兰郁金香的模式。

都没有走出这个模式。

这个模式就是：有一个可炒作的对象，这个对象可以是任何东西，哪怕是空气、水、泥土；有迅速传播消息的工具，报纸、电视、广告、网络、手机、口口相传等，以便让更多人加入到炒作队伍；永远有人相信我买到的还不是最高价，上涨的空间，还有，还有；有一大批数量众多的，有了点钱又急于快速发大财的中产者。

这个模式最后导致一个结果：中产者的跟风投机。而一旦投机失败，被洗劫一空的，肯定是中产者。

中国哪有什么中产者？说到底，高配版的屌丝，而已。贪婪、感性，他们容易疯狂；脆弱、重负，他们容易崩溃。

第三，为什么炒股赚钱难？

每个炒股的人都知道并且认可巴菲特和他的价值投资理论，刚入市的时候，都会像模像样地琢磨这个行业那个企业，是否有前途，是否有盈利，嘿，研究得再透，照样亏钱。相反，那些技术高手，每天盯着盘面曲线，随时抓准机会，买进或卖出，估计还能赚点脑力钱。中国股市，根本不需要你关心上市公司的股本结构、盈利模式。

要不然，你说，这十多年来，大盘指数的升降轨迹，既不是平稳上升，也不是缓缓下降，而是一会儿山峰一会儿谷底，比坐过山车还刺激，大盘指数跟中国经济的发展有半毛钱关系吗？没有！中国经济都世界第二了，股市照样要死不活。你说股市是市场经济的晴雨表。表个屁！

谁是股市中最大的赢家？大股东和相关利益机构。他们凭借接近零成本的代价，轻易获取几十倍，甚至几百、几千倍的回报。而他们的获取暴利，是以牺牲广大中小投资者的利益为前提的。

中小股民，赚钱都是听到的，亏钱都是自己的。牛市来的时候不相信，熊市来的时候不承认。结果呢……哪里还有结果。

结论：远离股市，珍爱生命。

关于股票的一番面壁思考，最终赢得了大宝的原谅。因为我用这套理论，击败了大宝的一次贪欲。

大宝不是说要在东部新区买一套别墅，然后我们办了假离婚证，结果被银行识破了吗？这次房子没买到，大宝的信息倒被泄露出去了。

各种中介电话打进来，那真是一个：春眠不觉晓，处处是骚扰。

"柴小姐，我们这里有一套二百平米精装洋房，家电齐全，拎包入住，超值，有没有考虑？"

"柴小姐，我们这儿有一套独栋别墅，完全毛坯房，业主出国急售，要不要来看下？"

都把柴小姐当富婆了。

这都好拒绝，两个字："没钱。"

可有的电话，大宝就拿不准了。

对方也很热情，一般都是男的："柴小姐你好，我是某某银行的理财师，你在我们银行办了信用卡，是老客户，我们特意向你推荐一款理财产品，保本增值型基金。希望能给你介绍下。"

理财专家的电话不少咧。

周末，都追到家门口了。

我陪大宝下到小区,他们摆了一张桌子,放着各种小册子。

理财专家们,西装革履,一表人才,字正腔圆,口若悬河。

"你不理财,财不理你。"这是他们的口头禅。

我和联系大宝的理财专家呛了起来。

我说:"'你不理财,财不理你',不对,是个病句。"

专家一愣:"您是语文老师?"

显然是想岔开话题,偷梁换柱,我才不上当,接着说:"我打个不是很文雅的比喻,财是我们家的一只狗狗,狗狗是我的,我不理它,它还是我的,照样听我话;要是我没养狗狗,我就是想理也理不了。莫不成,即使我没有狗狗,只要我想理,或者请你帮我理理,就能凭空冒出狗狗来?你说,是不是病句?"

"当然是因为您家有狗狗,我才能帮您理。"理财专家头脑还比较清醒。

"可问题是,你们的'理',是要把我们家的狗狗关进你们家里去。"我说,"你们是要把我们家的钱放到你口袋里去,挪用,甚至贪污,都有可能。"

"您言重了。"理财专家不愿跟我辩论了。

"我一点也不言重。"我把最后的观点表达完整,"你们就是利用人们的发财欲望和害怕损失的心理,吸引大家把钱交给你们,你们拿着大家的钱去炒股、投资,赚钱了,分大家一点零头,亏损了,屁都不放一个。二〇〇八、二〇〇九年,多少保本基金亏得一塌糊涂,你们补偿大家了吗?现在股市涨一点,你们又来了。"

理财专家无言。

我越说越起劲："我建议你们改个口号：你不理财，财仍在那里；若你理财，财离你而去。"

理财专家瞬间石化成理财砖家。借口接电话，不理我了。

大宝听我这一雄辩，一方面对我敬仰三分，一方面又犯嘀咕："他们是专家，钱交给他们炒，是不是更安全啊？"

为了彻底唤醒大宝，我打通了两个朋友的电话，问问他们基金的收益。得到的回答皆是："基金有风险，购买需谨慎。"

大宝这才远离了理财专家。

"那手里的可怜的闲钱，用来干什么呢？"大宝歪着头问。

"继续拿假离婚证买房，再试试运气。"我说。当然是个玩笑话。

"啊！不要了。"大宝望着我，"路途漫漫，我已经习惯了。"

"别担心那点钱，我们马上又要成无产阶级了。"我最后说。

"我也预感到了，暴风雨要来了。"大宝像我肚子里的一条虫，总能猜到我说什么。

06　幼儿园入学，是时候了!

暴风雨来临，当然指的是小宝。

与其说小宝长得太着急，不如说时间过得太快。

太快了，呼啦，一年、一年、一年过去了。

小宝马上四岁了。再次面临上幼儿园这个问题。

两岁的时候，一家人就为上不上幼儿园这个问题，在家庭议会上，互相弹劾。

那个时候还不能上幼儿园小班，只能上小小班。

大宝说："现在都是独生子女，要早点把小宝送到幼儿园里，过集体生活，以后免得性格乖张、不合群。"

然后大宝开始列举数字，我国自闭症儿童多少多少，抑郁症儿童多少多少。

我采访过自闭症儿童、抑郁症患者，我还不知道是怎么回事？立即反驳这位年轻妈妈："美好同学，请不要望文生义，不生活在集体里，不等于自闭症、抑郁症。生活在集体里，自闭、抑郁的，也不是没有。"

大宝她妈也不愿意送小宝到笼子里。她跟别的奶奶、外婆交流过,说出的话显然更接地气:"两三岁就送,孩子可怜。因为幼儿园的生活是有规律的,要早起送去,想多睡会儿都不行。白天在园里一切都要靠老师,老师好还好,老师不好,你也没办法,也不知道。孩子哪会说好还是不好,全靠老师说。另外一个,一个小小班小朋友十几二十个,才一个生活老师,怎么可能比一对一的好?下午午睡,到了时间也是要统一起来吃喝拉撒。小宝爱睡懒觉,半醒不醒地把他搞醒,不哭个天翻地覆才怪。一哭一闹,一不小心就生病了,到时候头更大。"

就这样,二比一,小宝得以在家大闹天宫了一年。

四岁生日已过,幼儿园春季班到处招生。红旗招展,传单四散。打开信箱,是幼儿园的广告。推开家门,门缝里还是幼儿园的广告。黄色小校车,被小区赦免,可以开进小区里。车门一开,大人孩子,呼啦呼啦,好不欢腾。

小宝见了,眼珠子咕噜咕噜地转,像是要主动靠近组织了。

"是时候了。"大宝提议。

这次没一个人反对,全票通过。

我早就在物色幼儿园了。

我是记者,大宝是公务员,两人都是深圳户口,正当职业,社保没漏过一天,纳税没少过一分,当然要进公立幼儿园。

一个是费用低,一个是理应享受这公共资源。

这是理所当然的公民意识。

一搜索一问，小区附近有一所公立幼儿园，名字果然简洁大气：中心幼儿园。

去了现场，公家办的就是公家办的，选址在一个政府接待宾馆的后面，交通方便，闹中取静，最主要是，周边是一个大公园，绿化好，空气好，一簇一簇的三角梅屹立墙头，争先恐后地绽放。从围墙外望进去，幼儿园像个卡通屋，五颜六色的。瓷砖贴出的各种小动物，十分传神。靠近墙边是个运动场，矮矮的篮球架、窄窄的足球门框、红色的滑滑梯、绿色的秋千……还有一个游泳池！

门口停满了小轿车，都是名牌车，奥迪、宝马、奔驰都有。车外站满了家长。有的不像家长，像家长的司机。

不用说，这家幼儿园门槛不低。

早听说过公办幼儿园难进的事，所以我不想贸然进去报名入读，先找个熟人问问吧。

我所在的部门就是民生新闻组，有记者专门负责教育口。很快，就拿到了幼儿园园长的手机。

联系园长，意味着你要求人。

不然你干吗联系园长，按正常程序走不就得了。

一开头，就输了气势。

这年头，办任何事，都要求人。收起臭脾气，毕恭毕敬给园长打电话吧。

园长是个女的。在电话里很和气："你明天过来园里吧。"

说话这么客气，应该有戏。

第二天起了个大早，看着日出东方照耀美丽城市，心清气爽地到了幼儿园。

人一见面,园长就不和气了。嚄,那样子,孙悟空飞机上表决心——姿态高高的:"你是符合条件,但是现在没办法啊,你的孩子要等,要排队,因为现在人满为患了。"

我心想:"我们记者还给你发过正面新闻呢,怎么一见面就一副臭脸。"

可我偏偏不善于嬉皮笑脸这套。想套近乎,套不起来。

园长看我有点尴尬,收了资料,让我先回去。

回去我被大宝一阵批:"你'妙手著文章'都可以,为什么不可以'妙嘴说人情'?"

大宝风风火火地,找到区教育局,又拐了无数个弯,找到了一个主管幼儿教育的科长:"帮忙说个情,该怎么表示就怎么表示!"

科长回电大宝:"可以报名!"

我气得肺都要炸了!明摆着,园长为什么向我摆高姿态,就是因为我没向院长"表示表示",一进去办公室,严肃得像采访新闻似的,连点暗示都没有。

人家园长凭什么理你?

大宝带小宝去中心幼儿园,报名,办手续。

我,坚决不去。

生活就像心电图,想要一路平整,不起波澜,除非你game over了。

小宝进了中心幼儿园，波澜开始了。

一周后，大宝接到幼儿园老师短信："为了宝宝的全面发展，本学年，除正常教学外，园方开辟'金宝宝'第二课堂。主要有：奥尔夫音乐课程，一百元/月，五百元/期；思维游戏课程，六百八十元/期/套。此外，还有早期阅读、小智慧英语两门课程……欢迎垂询。"

大宝专门去了一趟。老师说上述四门课程，与纸张、学具等学杂费一样，均为幼儿园小、中、大班的"代收费"项目。

老师说得很含糊。大宝提炼出来核心问题："就是说，在这儿上幼儿园，必须缴这四门课的费？"

老师说："可以这么理解。"

和小宝做同学的另外几个孩子的家长也在。大家算了一笔账：每月保育教育费一千五百元，伙食费每月三百元。四门特色课程每学期增加约一千五百元。乘起来，加起来，一个学期缴费一万零六百元。

"读大学也就是这个数。"一个不知道是奶奶还是外婆的老人唠叨着。

"教育局不是禁止开兴趣班吗？这典型的乱收费。"一个中年男子小声地嚷着。

"可又有什么办法？孩子都进来了，他们怎么说就怎么办呗。"一个年轻女子拿着银行卡就进了幼儿园收费处。

幼儿园里说收费，听取"唉"声一遍。

大宝暂时没交，回到家征求家长我的意见。

简直是火上浇油："坚决不交。"

我第二天就让记者去调查此事。

记者马上到幼儿园交费处现场采访。

"这个报道杀伤力估计不大。"记者回到报社，摇头说，"幼儿园都是老狐狸，无论是发给家长的短信，还是现场回答家长，措辞都很谨慎，不给你留下任何把柄。"

我看了记者写的稿子：

"中心幼儿园园长向记者介绍，按照区教育局的规定，该园早已经取消了'兴趣班'。目前接到投诉的四门课是正常教学之外，作为该园承担的省教研课题而开设的。与常规的音乐、英语教学相比，这些课程由园外老师免费授课，收取的是教材费或乐器折旧费。很多家长认为孩子通过学习提高了兴趣和感受力，很有特色。因此，这些课程从部分班级推广到全园，约95%的学童自愿报名参加。园长还说，这些课程均向区教育局进行过申报，原来安排在下午四点半钟幼儿园放学以前的时间内，本学期部分调整为四点半之后的非正常教学时间。如果有家长不认同，园方完全尊重家长的选择和意见。"

园长说得真是滴水不漏。

报道还是要见报，至少让家长知道这四门费用是可以不缴的，不是必需的。

我们没缴。老师电话又打过来了，说孩子最近情绪不太稳定。

大宝急匆匆赶过去，一看，全明白了。

所有的孩子都报了兴趣班，除了大宝。

所有的孩子都在上那个什么小智慧英语。小宝没事干，目光呆滞，口水横流。

无形中，小宝被隔离了。

小宝被当成了异类。

大宝眼窝一热，泪水哗哗。

拿出银行卡就缴费。

可是，幼儿园摆谱了："对不起，你的孩子要一个月后才能报名跟班。"

"可以插班吗？"大宝问。

"不行。这是外教规定的。"

明显是在刁难人。

报复。

明显的报复。

让你一点脾气都没有。

你在政府上班又怎么了？

你报纸曝光又怎么了？

奈我何！

哼！

大宝受尽委屈，下了个决定，老子不读你中心幼儿园了。

我唯有默默支持。

私立就私立。私立离家还近，不用校车接送，走两步就是，就在楼下。

私立幼儿园名叫：

"阳光幼教机构。"

"我也赞成读私立。"大宝她妈说，"校车不安全，新闻都报了好几回事故了。离家近好，我可以陪着去，陪着回。"

算了一下，私立幼儿园的每个月的保育教育费、伙食费加起来一共三千块，比公立贵了一倍，而且照样有那四门课程。一算下来，一个学期一万五，多了四千块。

多也不多。

少也不少。

"现在公立幼儿园也改制了，谁都不是傻子，谁都知道赚钱，他们打的是擦边球。"私立幼儿园的园长热情大方，"我们请的外教一点不比公立的差。"

我翻阅了下他们的课程表，看到小班本周的活动计划：

1. 语言：《好吃的三明治》，尝试利用自己的经验改编儿歌。

2. 美术：《搓圆子》，享受制作食物的乐趣。

3. 音乐：《好吃的食物》，让孩子能大胆地进行表演活动。

4. 数学：《衣服上的数字》，学会点数。

5. 科学：《我会分餐具》，学习简单的餐具分类。

6. 社会：《好忙的厨师》，认识厨师的装扮和常用工具。

"挺好的。"我表态。

大宝也说："挺好的。"

我估计大宝心里还是想着公立幼儿园，但心里咽不下园方那口恶气。心里窝着一团火呢。

我们既不是为了办成事可以忍气吞声的人，又不是钱多得可以拿钱开路的人。

要命的是，还有点小脾气、小个性、小声张。

这样的人，最难混。

唉。

小宝进了阳光幼教机构，看来蛮适应，每天回到家，手舞足蹈，跳腾挪移，表现欲强。

小家伙还被选进了舞蹈队。

还是领头羊。《数绵羊》的领舞，带头大哥一个。

私立幼儿园有个好处，喜欢带着孩子们外出参加各种活动，电视台少儿节目啦、少儿文艺比赛啦、影视剧群众演员啦。

都挺好的，我觉得，至少比闷在屋里学算数强。

老师通知《数绵羊》被省电视台少儿小星星艺术大赛看上了，一周后要去广州表演，必须家长陪同，请事先安排好自己的工作，留出时间。《数绵羊》的领衔主演，当然是姚小宝。

好事。

再忙，都要去督战。

全家都去。爸爸妈妈、外公外婆。

四星捧月。

阳光幼教机构，一看就是经验充足，车辆安排、座位安排、老师调配、食物发放、服装管理，井井有条。

一路也通畅。孩子们叽叽喳喳，也不觉得太吵。

心情好，什么都好。

车都快要进广州了。小宝的舞蹈老师走过来，蹲在我座位下说话："小宝爸爸，有件事想和你们商量下，后排有空位，能不能坐过去聊聊？"

我把小宝按进他外公外婆座位里。我和大宝坐了过去。

"是这样的。"舞蹈老师侧身过来说，"《数绵羊》这个舞蹈，是个集体舞，你们家小宝是站在队伍最前面。这里呢，有个我们的家长，刘小姐。"

坐在前面的一个年纪和我们相仿的女人，把身子扭了过来，浅浅地笑了笑，然后主动握手："你好，你好。"

舞蹈老师继续说："刘小姐的女儿也在《数绵羊》里，站第二排。跳得也比较熟练。同时，刘小姐的女儿，在另外一个舞蹈《动感小天使》里，这个是独舞，跳主角。刘小姐呢，有个不成熟的想法，也是想跟你们商量下，能不能让她女儿在《数绵羊》里也领头？"

她女儿，要顶走小宝的带头大哥位置，做大姐大？

大宝一听就来气，手一挥："那怎么行？"

舞蹈老师笑着说："刘小姐就是想商量下。"

刘小姐说话了，一口东北腔："那个啥，老师，你让我来说吧。真的不好意思哈，给你们添麻烦了。事情是这样，我这孩子呢，我们家两口子，就一直想让她将来进那个啥，就是传说中的娱乐圈,这不,刚刚收到导演组的短信,说这次北京有个导演要来观摩,要选一个小演员,出演他们的一个啥情景剧。我就琢磨着,能不能让孩子多一次亮相的机会。多一次机会就多一次被选中的可能。"

我倒觉得没什么,反正我不会盼着小宝进那啥传说中的娱乐圈。"老师,你要是早点说就好了。哪怕我们不参加都没什么。关键是孩子都知道自己要当领舞了,你突然变卦,怕影响孩子。"我说。

"你说的是,你说的是。"老师搓着手。

大宝的表情还是写着不愿意。

刘小姐巴望着大宝,居然掉下了眼泪!

手一抹,鼻子也堵了,都快要抽泣了。

也不知道这刘小姐是真能演,还是真的为了女儿。

"谁让孩子打小就有一个艺术梦想呢?"刘小姐一边泪水不断线,一边自言自语,"谁叫我们有一颗爱孩子的心呢?"

那叫一个动情!

妈呀,小小车厢,瞬间成了中央电视台"感动中国"的颁奖现场。

大宝心软了,牙关松动了:"那……老师,看你怎么调整好,让小宝配合就是。"

刘小姐激动得打起拱手来:"谢谢谢谢,这是我名片。一定感恩,一定感恩。"

靠,搞得她女儿已经成了章子怡、范冰冰了似的。

老师永远有一套。

表演的时候,儿子自始至终站在第二排,居然跳得欢乐极了、卖力极了、投入极了。

儿子啊,人人都可以做自己的主角,为什么偏偏是你塞在别人的生活里去做配角。

还配得这么起劲!

咳,小宝高兴,我们就高兴,咔咔咔各个角度拍照,早忘记了谁是主角,谁是配角。

《动感小天使》看了一会儿,心里难受。倒不是受不了那"动感"得要把人耳朵轰聋的音乐,而是受不了小女孩的装扮。

吊带装、豹纹、马靴。

搔首弄姿,夸张地扭腰送臀。

不停飞吻、抛媚眼。

和主持人互动时,说话假大空,一套一套的。

典型的儿童成人化。

我最反感儿童成人化。

美丑不分。

留给孩子一个纯真吧。

别毁了孩子。

孩子下来后,果然看到一个大胡子,估计是北京来的导演吧,正在和刘小姐热情、夸张地聊着。

从广州回来的车上,刘小姐十分嘚瑟地告诉我们:"入了导演的法眼了。"

我在心里"哼"了一声:"才怪呢。"

刘小姐报喜说:"导演说我女儿身体胖了一点。回家立马执行减肥计划!"

大宝替她女儿心疼了一句:"你女儿够瘦了,还要减?"

"不行。一切按导演说了算。那话怎么说的,饿其体肤,劳其筋骨,天将降大任于斯人也。"

我试探性问了句:"导演对你女儿这么挑三拣四,会不会是暗示你要'意思意思'?现在不都流行花钱买角色吗?"

我这一点把她点醒了。

"咦,是喔?"刘小姐接着说,"花钱更好,这年代,办事花钱不怕,就怕他不收钱!有的是钱!"

我就没什么话好说了。

默默祝愿她女儿少受点累,减肥成功,表演出色,早日成为大明星。

07　中产前夜，请允许我重温屌丝人生

说到表演，家中有件丑事，也跟表演有关。

那就是我那在读博士的弟弟。

哲学博士。

姚奋进。

姚奋进悄悄来了深圳，在一个酒吧里当歌手。

博士歌手。

哲学博士歌手。

还唱摇滚。

多穿越。

多跨界。

讲出来人都不信。

是老爸向我通报的信息。

老爸在电话里嘶哑着嗓子说:"都是你害的,弹什么卵吉他。"

这我得承认,弟弟的爱好是受我的影响,甚至是我手把手教他的。只是没想到,时光荏苒,生活的压力早已让我忘记了我还曾经弹过吉他,组过乐队。而,奋进,居然还在坚持。天哪,都什么年代了,还玩艺术。

老爸当老师之前,曾在文工团待过,整整十年。他最早吃饭的家伙是二胡。时代变化很大,文工团在市场经济面前,再也无法"团"起来。父亲凭着自己的本事,应聘到母亲工作的师专,当了一名历史老师,然后很快转正,嗖嗖嗖,没两年就成了学生最喜爱的老师。

八十年代的时候,文工团也是国家单位啊,大院里住的邻居都是文艺家。各种传统乐器演奏、各地传统戏曲名段、传统杂技和魔术表演,随时可以听见、看到。一帮视艺术为生命的老艺术家就在身边。上学的时候可以看到第一排平房的李叔叔在摇头晃脑地"啊呀呀呀"地吊嗓子,他是文工团里演花脸的头号人物。放学的时候,比自己大不了几岁的几个哥哥,在院子里练习顶碗杂技,那一个个塑料做的练功碗一会儿"当"的一声掉下来,滚得好远,师傅见了忍不住又是一阵臭骂。

近朱者,怎能不赤?

文工团大院的孩子,哪个没几手?

几乎没怎么学,就每天这么看着父亲拉二胡,我就学会了。每到六一儿童节,准有我"二泉映月"的压轴表演。后来又学会了六根弦的吉他。那个酷啊。一进大学，我就组建乐队，乐队名字很酷，"这儿的空间"，意思是我的地盘老子做主。乐队名版权归崔健，"这儿的空间"是他的一首歌。乐队当时火大了。天天在水房里排练，噪音扰民，同学们自然火大了。

我们像瘟神一样被驱赶。我们一边苦练，一边在谱子上写下励志净言：忍辱负重，不能掉队，功成一日，师姐倒追。

按理，弟弟对艺术是兴趣不大的，记得那时候他书包里最多的是科幻小说和漫画杂志。是我要求他学吉他的。为什么呢？原因有点自私：想找个人陪练。

练琴很枯燥的。

奋进就是在被动学习中对吉他逐渐产生兴趣的。慢慢地，我发现他的指法比我活多了。一首《月亮代表我的心》，他练三遍，就不用看谱了。

后来各自长大，他上他的大学，读了个奇葩一样的专业：哲学。然后一路保送，硕士，博士。

这么多年了，博士奋进还在操琴摇滚？

奇葩啊奇葩。

我问奋进："在哪里演出？"

得到的答案是：梦幻吧。

我倒要看看这个大博士在玩什么！

我知道"梦幻"这个酒吧。香港人开的，玩的也大多是香港人和老外。刚来深圳的时候，和大宝误闯过一次。印象最深的是这个酒吧里的人，疯得很，一看都是吃了"摇头丸"的男女。女的穿得少啊，只剩下三点式了，一过凌晨，男女之间的动作大胆得简直是旁无他人，摸摸捏捏，就差没脱衣服真刀真枪操练起来。

大宝那晚质问我为何带她到这么豪放的地方。

我答曰："体验生活。"

晚上十点，我进入"梦幻"。这场子还是那装修，迷宫一样。里面已经"锣鼓喧天"了，三三两两打扮妖艳的女人叼着烟进进出出，让人顿时觉得热血沸腾，躁动不安。

撩开布帘就看到了舞台上的弟弟。弟弟正在唱歌。那是唱歌吗？完全是个疯子：肩上背着吉他，却没见他弹几下，倒是其他几个乐手玩得很疯，鼓手已经脱光了衣服，只剩下裤衩，贝斯手和键盘手头摇得厉害，甩着汗水的长发胡乱地贴住眼睛、鼻子。

把别人的歌词改编得乱七八糟。

"如果有一天，我老无所依，请把我留在新闻联播里。如果有一天，我悄然离去，请将我埋在春节晚会里。"唱到《春天里》，奋进情绪到了最高点，脖子上的青筋都要爆炸了。弟弟一会儿蹦起来，一会儿跳到舞池中间，躺在地上，张牙舞爪。弟弟越是这样，舞池里的男女越起哄得不行，头摇得更厉害了。

高分贝的噪音又起来了。弟弟再次发出杀猪般的叫声，一遍一遍地问："你们high吗？这里是'中国南方第一朋克'。"

居然封自己是"中国南方第一朋克"！

弟弟的话一说完，一个穿得无比性感的女人跑上去了，这女人抢过话筒："牛逼，让我和你high。"这女人从身后抱住了弟弟，

103

自顾自摇起了头。弟弟一面扶着话筒一面说:"High吧。"

这是我的博士弟弟吗?!

俺百思不得其解。

终于等到了摇滚博士。

劈头就问:"怎么回事?"

奋进在我面前恢复了正常:"在成为小中产之前,请允许我重温一下我的屌丝人生。"

"什么什么小中产,神神道道的。"我给奋进要了一瓶啤酒,两兄弟碰了一下。

奋进一口下去了半瓶,慢慢给我说开了:"论文通过了,马上毕业了,下个月正式到艺术研究院上班,和你一样,一脚跨入中产者的队伍。"

"不好吗?"我为奋进高兴,留在北京,做研究,这是他最好,也是唯一的出路。

"好个鸟。现实人生,你比我更冷暖自知。"

"你怎么这么悲观?"

"不是悲观,是事实,来,给你看个东西。"奋进从吧台里拿出自己的包,掏出一个IPAD,哗啦哗啦几下,拿给我看。

是《上海青年导报》登的一个报道。有点长,我挑着看。

《月入万元上海白领账单:省吃俭用月底1分没剩》。

这是一个动人的故事,讲故事的主人翁是东北人,上海一个年轻白领。每月收入一万元,生活却非常"悲惨",下面是他的自白：

很多人问我上海收入多少才过得可以。实在没法给出准确范围，不过要是对自己有信心有理想的就来吧，都是两条腿一个脑袋，别人能的自己怎么也要试试对吧，不怕失败，就怕没勇气。当然这失败也要看你自己能否承受，是否值得。

下面我就分析一下月薪一万的未婚男人在上海的生活吧，不怕大家笑话。

月到手收入计算（人民币）

收入：10000元

扣除社保：养老8%+医疗2%+失业1%

（根据08年平均工资的三倍来算，缴纳基数上限为9876元。

所以扣除额度为9876×11%=1086.36元

公积金：扣除额度上限为607元

（根据7%推算缴纳基数上限为8671.5元，很快就会调整更高。）

缴税工资：10000−1086.36−607=8306.64元

缴纳个税：886.328元

到手收入：8306.64−886.328=7420.312元

月生活成本计算：对于一个无房无车，活得还凑合的水平来说。

（1）住房：租房，在徐汇区漕宝这边，因为地铁到公司不方便，公交车又没有时间保障，所以不能太远，合租不自由，厨房洗手间用起来麻烦，所以选择自己住，现在8：30出门就可以，一室一厅全配，最少的1500元。

（2）水、电、煤气、宽带、有线电视、卫生管理费：

电费100元左右，这是大头，因为不能降低生活质量嘛。（空调、冰箱、电视、热水器、洗衣机、微波炉、抽油烟机、电脑、相机、手机，另外什么电热毯、饮水机、电饭锅等都是耗电大户。）

水费：洗澡洗衣服做饭都很费水哈，50元。

煤气：经常做饭的话也要20元。

宽带：120元最便宜的有线通1M包月。

有线电视：13元。卫生管理费：5元。

合计：100+50+20+120+13+5=308元

（3）交通费：大部分骑自行车，停车费10元。

但是考虑到偶尔坐地铁、公交、打车，比如周末，或者赶上下雨，加班很晚的情况，一周大概要50元，一个月算200元。

（4）饮食。吃饭：对于22个工作日来说，早餐5元，午餐15元还是园区的食堂。晚餐做饭的话15元，否则出去吃要20至30元，折中算20元。

对于四个周末来说，出去吃饭喝水，吃必胜客最少要60元吧，还吃不饱，吃中餐也要50元吧，现在哪个招牌菜不在50元以上，按照一天100元计算，除去可能有两天不出门，算600元。水果、超市零食：一周买一次，至少80元吧，看看现在水果酸奶的价格。一个月算300元。

小计（5+15+20）×22+600+300=1780元。

这个报道还列了日常品费用、服装鞋子、手机费、交友费用、人情往来、给父母、看病、旅游、档案户口费用、过年回家费等十一样开销。最后得出的结论是：

以上总计：

1500+308+200+1780+100+200+100+350+200+600+100+100+45+416.7+100=6099.7元。

最终每个月剩余：

7420.312-6099.7=1320.612元

以上只要是在上海混过的朋友，应该知道并体会我的标准，绝对中等偏下生活水平，因为还没有算上娱乐、健身、学习等费用。

对于穷人，每天下班就最好乖乖回家，味千拉面和KFC都是奢侈，盖浇饭和兰州拉面是外出主打食品，什么花销都要有预算，考虑是否必要……否则，你将发现这剩余的1300余元在上海，花出去简直太容易了，平均一天45元，还没注意，还没感觉，吃饭点菜的时候一冲动多点了个菜……没了！

这就是上海，这就是最真实最无奈也最激励人的现实生活成本！真诚地希望各位给予补充，在奔向这个寸土寸金的梦中城市之前，做充分的思想准备和物质准备，做好艰苦奋斗，长期作战的准备,至少3个月的费用。

"这就是让你恐惧的东西?"我大力地拍着奋进,"读书读傻了吧。"

"确实恐惧,要知道,这个清单,就是我未来的生活。"准职场新人奋进说,"什么谈恋爱、买房,想都不敢想!什么高学历、好工作,什么一毕业就迈入中产阶层,还不如在酒吧里喝喝酒,唱唱歌!"

我不能顺着话尾子跟奋进扯,要知道他也是个贫嘴大王。

但奋进纠缠不止:"哥,你还记得初中的生物课吗?问你,我们正常人的肠道总面积有多少?"

我少年时最喜欢探究人体秘密,这个问题难不倒我。我说:"小肠由于具有小肠皱襞,小肠绒毛和小肠上皮细胞表面的微绒毛等结构,从而使小肠的内表面积大大增大,大概有两百平米吧。"

"两百平米……也就是说,我们绝大部分人的住房还没屎住的地方大,真是生不如'屎'啊!"

"恶心不恶心?"我说,"工作之余,你去学风水吧,死后选个好墓地,坐北朝南,方方正正,前有水,后靠山,也算弥补了生前买不起好房子的遗憾。"

"哈哈。"奋进把酒干掉了。

我把话拉回正题:"你不是真要搞摇滚了吧?别吓我。"

"哈哈,瞧你紧张的。我想摇也摇不动了。再说这里的女人,太生猛了,吃不消。"奋进说,"我这次是本科同学叫我过来度假的，我们以前搞过乐队，他让我顶替几天，过把瘾。"

终于放心了。

我问起他在学校组的乐队名。奋进说："蟑螂与小强。"

我想了解他们的遭遇如何，是否像我那会儿被同学们四处驱赶。

奋进说一样一样的："医学院的同学，给我们编了一个笑话：'穷摇'艺术家们，快去医院看看吧，听说医院专门为你们开了一个科室。什么科室？二逼喉科！"

"哈哈哈，够损的。你应该回他们一句，医院也专门为你们这些西装革履渴望成功的装逼精英男开了一个科室，叫二逼猴急科！"

"哈哈哈，二逼猴急科！"奋进乐了一下，嘴又闭上了，又颓了，"唉……都是二逼青年。二逼青年马上就要成为普通青年了，房子啊房子，车子啊车子。"

我不想安慰他。

我知道，过几天，他回到北京，一头扎入火热的生活，一定又会满血复活的。

要是再爱上个女人，嘿，潜力无极限。

姚家人，都是这德行，看上去有点蔫，喜欢贫，野外生存能力强着呢！

08　有一种压力，叫上有老下有小

一则网络爆料，又让我们全家动了起来。

准确说，是慌了起来。

如果说，小宝上幼儿园经历的折腾、付出的钱财，算暴风雨的话，这次算是飓风、龙卷风。

这次，真让我们一无所有。

这则爆料是一篇网络帖子：

孩子上个小学为什么这么难？

作为一个八〇后的妈妈，也有好几年的妈妈经了。一心想为孩子谋个好前程，就算不能给他最好的，也希望能在我们的能力范围内为他尽最大的努力。从我走上社会至今，几乎所有的时间都献给了深圳，在深圳恋爱，在深圳结婚，生完孩子又来深圳继续奋斗。

在深圳一直都是守法的好公民，什么证件都办得齐齐的。就差一个租赁合同。从前年就开始在解读伟大政府制定的所谓合同的有效期，一直搞不明白，为什么要一年以上，还要跨过9月，12月有效。刚开始问过房东，能不能一次签两年的合同，房东说不能。我就绝望了。当我自以为一切弄清楚、明白的时候，朋友看我气定神闲地想等到今年10月再签合同，就吓呆了。她劝我赶紧去签吧，人家有的3月份就签了。我的心开始慌了，问房东，跑房管所，打电话问学校，最终还是要面对一个残酷的现实：确实是在今年3月份，就有家长去签合同了，为了明年的宝宝上学做准备。我今天马不停蹄地找房东，把合同签了。同去的还有一对家长，孩子是后年才上小学，提前两年多就在签合同了。我心里真是没底了。估计到明年，我的宝贝没有办法申请上公立学校了，心里不停地涌现出绝望的东西。我也搞不明白，为什么一定要租赁合同才能证明你的居住情况？小宝宝的防疫针从三岁起就在社区打了，一直到今年的4月份，办的电信地址也一直是在这个社区，还有煤气的送气地址也是在这个社区，所有的这一切，难道都不能说明我们是在这里住着的居民，并且是一直住在这里的居民吗？

从今天开始，我就要为孩子明年能不能申请成功而闹心了。已经有好几个晚上没有睡好觉了。如果不能申请成功，我想我会对孩子愧疚一生，因为这是在我能力范围以内的事，我没有办到，没有为他争取到，真是我当妈妈的失职。

在老家，没钱，来深圳打工，挣了点钱，却又要担心孩子上学问题。老天,孩子上学,比上天堂还难!

一个普通孩子的普通妈妈

我几乎听到了一个妈妈的哭泣和呐喊。

因为当了父亲,我知道这个妈妈有多焦虑。

我立即让记者采访、调查,能解决问题最好,不能解决问题,也要大声呼吁有关部门,重视外来工子女的入学问题。

晚上,我把爆料内容打印出来,读给大宝听。

大宝听到一半,放下筷子:"我们小宝怎么办?有问题吗?"

从来没有认真考虑过的幼升小问题,被正式提上日程。

我们当然知道小宝升小学,不会遭遇这些困难,毕竟我们是深圳户口,而且有自己的房产,不需要出示不通人性的租赁证明。

但问题来了,小学是就近入学,小宝会在哪里上他的小学?

小学重要吗?

不重要吗?

万丈高楼平地起。

小学是基础,是活水源头。

是不是要有一个高的起点?

废话,当然要,必须要。

……

这些话,在我们各自心中翻腾、碰撞、对话。

首先看看小区周边有什么小学。

我和大宝各自抱一台电脑,你登录教育局网站,我百度搜查。

结果是，周边没有什么有名气的学校。

市一级小学是有。

但省一级，没有。

开始后悔当初买房只想到离大宝爸妈近，怎么没想到离重点小学近？

深圳的重点小学就那几所，距离最近，也是名气最大的当属第一小学。

这时候，我和大宝不约而同想起一个词：

"学位房。"

这个词，听无数个人讲过，也在房地产广告上看过无数次，但都没有上心过。

现在终于明白什么叫学位房了。

牛角塘那一带就叫学位房。

天哪，终于明白，牛角塘片区的房价为何那么高。

要知道，那都是八几年的房子，房龄和我们都差不多同岁了。

向学位房进攻。

没什么好说的。

不用商量。

连夜研读政策。

大宝托朋友找到了一个幼升小的政策问答，其中最关键的两条被标红了。

问：入学前一两年购买二手房，子女在学位申请时会有影响吗？

答：在大多数学校学区内购买二手房，基本都能就近入学。但是有个别学位特别紧张的学校，如果前业主已经使用过（或正在使用，或已毕业）学位，虽然可以申请学位，但不能保证就近入学。倘若排序靠后，就可能会被调整到附近的公办学校就读。购买此类房时要慎重，不要听信中介或前业主的承诺。

问：购买了二手房，如何查询前业主是否用过学位？

答：（1）"购房只能保证一户一个学位"，这是学位特别紧张的学校的要求，主要是为了防止部分人购房入学后，再高价炒卖学位，反复如此，导致学位紧张，而采取的措施。（2）部分学校会对使用过的楼盘有记载。但学校不可能专门为购二手楼查核该学位是否用过。只能在申请学位时，学校通过电脑查询才能得知结果，如果前业主使用过学位（甚至已毕业），且该学位特别紧张，学校就不能保证孩子就读。

问答里几处提到"不能保证"、"不能保证"，被重点圈了几圈。

毫无疑问，第一小学很有可能就是"不能保证"。

但这并不妨碍我们买学位房的决心。

不能保证，不是完全没希望。

不买房，才是完全没希望。

天,再次走上买房之路。

上一次,为了解决大宝上下班问题,被逼买房,被逼办假离婚证买房。

好在,假证被查出,房子没买成,否则,这次就是卖血也买不起房。

再一次,被逼买房,为了小宝的读书问题。

这次,不用办假离婚证了,赶紧想办法吧。

到安居网上看牛角塘片区的房价。

三十多年房龄的半老徐娘,居然比刚出生不久的小姑娘还要金贵。

三万一平。

面积都还不小,都是七八十、一百平米左右的。

很少小户型。

要人命啊。

一平方三万,七十平方,二百一十万。

二套房,首付六成,一百二十六万。

啥也别想了。

死都死不出一百二十六万。

如果租房,凭借租赁证明,能拿到学位吗?

如果这样,那读名校也太简单了。

太简单的东西,不靠谱。

绝望啊,绝望。

绝望得两人各睡一边，话懒得讲，灯懒得关。

不死心。第二天，我的职业习惯来了，干什么事，像新闻采访一样，要到现场，不要光在心里磨叽、嘴上叽歪。

不唯书，不唯上，只唯实。

我溜到了牛角塘。

十几个地产中介，占满了一条街。门口贴满了出售广告，极少有出租广告。一问，果然，这个片区，极少放租，因为能租的，都租出去了。

广播种，撒遍网。

我每家中介都留下电话，诚心诚意，不要花招，申明：一、要有学位的；二、面积要小的。

手机从此铃声四起。早上还好，当闹钟使了，可半夜打过来，简直是午夜凶铃。

耐着性子接，抱着希望听。

都不错，但都被我Pass掉了，因为面积太大了。

"大哥，这片小区，都是改革开放初期建设的，分给公务员的福利房，小户型极少。即使有，人家都是放租的，划算。"中介在电话里如实告知。

"兄弟，我只要小户型，只要找到，佣金，我一分不谈，该多少就多少。"我故作不着急的样子。

谁知道他们是不是欺骗你，故意捂着小户型，把大面积推销给你。几百万的标的，佣金可不是个小数字。

小宝命好，半个月后，中介小兄弟催我立即到他们店里："牛角塘史上最小的户型，三十二平，四万一平，保留学位，要就快，快，快！"

史上最小！

多劲爆的广告词。

简洁有力，直指人心。

大宝在东部新区办公室里，遥控指挥："出发，给我马上出发！"

史上最小户型，三十二平，四万一平，总价一百二十八万。

二套房政策，首付六成，七十六万八，加上佣金、税费，八十万。

首先要拿出八十万。

一百二十八万，贷款四成，也就是五十一万二，分三十年，必须三十年。

我上网找了个软件算了下，月供三千二百多。

我一项项报给大宝听。

大宝不听，打开柜子，把几本存折拿出来。

她也在做算术。

存折里只有六十万多一点点。

省吃俭用的六十万。

看电影不吃爆米花的六十万。

再也不出省旅游的六十万。

还不够!

距离第二天要拿出的八十万,还差二十万。

不能向父母吭声。

不能啃老。

坚决不能。

二十万的窟窿怎么补?

我想到了股票。

两三年都没看股票了。股票还有多少?

股票交易软件都没了。

下载。

下载成功。

输入资金账号。

资金账号都忘记了。

翻箱倒柜,找出开户资料。

好了,密码又忘记了。

输入,不对。

重试,还不对。

最后一遍,谢天谢地,进去了。

还有二十二万。

哈哈,五十万进去,还剩二十二万。

该死的股票。

窟窿就让该死的股票来补吧。

第二天一早,九点十五分,股市集合竞价,啥也不想了,挂了平开价，呼啦，全部清仓了。

从此告别股市江湖，在一个如此籍籍无名的上午。

无比唏嘘。

哥虽无名，但哥在江湖上混过。

向你致敬，中国股市。一个交过学费、颗粒无收的学生，向你致敬。

向你致敬，中国股市。一个名为中产阶层，实为负债累累者，向你致敬。

再见。

呸！再也不见。

小宝幼升小的房子搞定了。

我们又成了无产阶级了。

现在再重新计算下每个月的支出：

大房子月供、汽车喝油钱、停车费、物管费、水电各种杂费，加起来，之前算过的，一万。

现在汽油都过八了。

一万都兜不住了。

所以，车能不开就不开了。

我上班公交。下班允许打车。

大宝每天跑到很远的地方，坐新区往来市区的班车。

原本就路途漫漫，现在变成了路途漫漫——漫漫——漫漫——

小宝幼儿园的费用，每月三千。

小宝吃进肚子里、喝进肚子里的各种进口货,算过,两千跑不掉。

现在又多了个学位房,月供三千二。

还有买菜买水果,一个月两千。

还有周末家庭日、一个月至少四次逛公园、必胜客欢乐家庭、肯德基全家桶、少年宫亲子互动,等等等等,至少两千。

全职保姆早辞掉了,请了个钟点工,一个月一千五。

我和大宝还有自己的应酬,请个小客,吃个小饭,不多,一个月两三次肯定有;有时候中午,自己在外头吃个快餐;偶尔还总得添个小家电、小家具、小日常用品啥的,这一项目,加起来一个月,三千,算非常克制了。

大宝的衣服、化妆品,基本上都是限量采购了。

我的旅游,只要是自费的,包括省内游,全部咔嚓掉。

就这些,加起来吧。

多少?

两万五。

我和大宝两人的工资加起来,也就两万七八。

好歹还有盈余是吧?

每月再喝两场喜酒,或者,小宝感个小冒发个小烧,就全没了。

这日子不能出半点差错。

紧。

紧巴巴的"紧"。

实在是太紧巴巴了。

"委屈下自己吧。"拿到学位房,大宝说。

委屈就是,我们住进三十二平方米的学位房。自己的大房子出租。小宝寄宿在外公外婆家。

大房子租金三千五,还不能抵上它本身的月供。

但好歹也是一项收入。

一个记者、一个公务员,住在三十二平方米的蜗居里。

刷个牙,屁股都要碰着屁股。

心甘情愿。

谁也不怨谁。

倒也蛮开心。

又像回到了住在周转房里的初婚时代。

有一种压力,叫有老有小。

小的安妥了。

老的又有问题了。

大宝她爸刚一办完退休手续,眼睛不同意,闹起了别扭。

眼睛检查出了青光眼加白内障。

两只眼睛还不是看不清的问题,还有胀痛不舒服的问题。

检查是在小区附近的保健院查出的。

要做手术。但保健院做不了,没专业的仪器,要到市一级大医院。

没啥别没钱,有啥别有病。

现今，钱，没了。病，可千万别过来。

青光眼、白内障，接下去就是失明。

耽误不得。

赶紧找医院。

想起以前采访过一个眼科医生，姓关，在中心医院。

带着岳父去了。

挂号。挂了关医生的号。

人超级多。只有等。

终于到了。关医生蛮热情，护着岳父做各种检查。最后的结论是，等待眼压稳定，做白内障切除和人工晶体移植。

关键是，等待眼压稳定。

稳定要多久？

这得看病人的情况。

于是，开始了隔一天到医院检测一下眼压的工作。

一直不稳定。关医生预测，估计用药一个月后才能稳定，稳定之后立即手术。

没想到，在陪岳父测试眼压的第二周，我抓到了一条"大鱼"。

照例是挂号之后，漫长的等待。把一叠报纸翻完后，我注意到旁边坐着一个老太太，正在吃力地看着一叠东西，一个放大镜恨不得放在眼珠子上了。眼睛不好，还这么过度用眼？

我凑过去瞧了瞧她正在看的东西，是一叠账单，医院的账单。

老太太蓝衣布裤，霜白的头发，被几个夹子保护得一丝不苟，白净的脸庞，显示她是一个有素养的老人。

可我不忍看她一身的瘦骨嶙峋，还有暴突的眼睛。

"你也来看眼睛？"我问老太太。

老太太望着我，点了点头。

"你看的是什么？这么吃力。"我又问。

老太太这才打开了话匣子："我老伴死了，我总觉得医院多收了我的钱。你看。"

老太太抽出一张账单，密密麻麻，蚂蚁似的，加上打印的墨迹非常浅，看起来好费力。

一阵辨认之后，我发现了惊天大秘密：

表格显示，一月十日，老太太老伴已经进了殡仪馆，但医院的收费单上，一月十一日仍有"血气分析"、"静脉高营养治疗"、"心电监护"等十几项药费、检验、治疗费，共计一万多元。难道医院在病人进了殡仪馆后，还在为死者做心电监护？

再一看，老人在医院总共住院一百一十九天，治疗花费高达一百二十万！

新闻敏感性，让我抑制不住地紧张、兴奋。

再看看瘦得像只蚂蚱一样的老太太，热血瞬间往上冲。

一定要曝光这家医院。

曝光这家我正在陪岳父看病的中心医院。

我向老太太递上名片。

老太太也激动万分，说她找医院很多次了，医院都是踢皮球，既不说有问题，也不说没问题，冷得像块冬天里的铁。

我先把大宝她爸送回家，然后把老太太接上，在车上开始采访，一直到老太太的公寓里。

老太太的两个子女都在国外。公寓很豪华。看着老太太孑然一身，颤巍巍地走在我前面，走在空洞的楼道里，心里一阵酸楚。

我采访了整整一下午。笔记、录音、摄影、摄像，全使上了。

下午，直奔医院，核实，对证，记录对方的辩词。

各方观点一股脑写进稿里。

《谁在为死者做心电监护？》轰然见报。

哗然。

一片哗然。

电视跟进，网络热议。

十几家媒体涌向老太太的公寓。

卫生局发声明：立即调查。

医院发声明：立即调查。

老太太的冤枉钱被退回。

更多的报道继续讨论：

医院的账单为何那么难看懂？

用药数量为什么总是随意增加？

高昂的自费药为什么总是不询问病人？

一个部位有病，为什么总是全身检查？

热线电话被打爆。

各种内幕被踢爆。

全民讨论。

全城整顿。

报道落下帷幕那一天,正是岳父手术的日子。

关医生和往日一样热情。

但透露着一丝无奈。

他说:"姚记者,人工晶体,只能移植国产的,抱歉。"

奇了怪。关医生之前说过,人工晶体有国产、进口两种选择。进口的,不属于医保范围,需要自费。我当时选择的是进口。

"为何?"我问,"我不是早确定过,要进口的吗?"

"可现在库存没货。"关医生看着我。医生的眼里永远看不出什么秘密。

09　泪流满面啊，我们都是小中产

　　对赫赫有名的中心医院的曝光，让我成了读者眼中的"铁肩担道义"。报道之后一周的星期一，一个读者跑到报社，指定要找我："爆猛料。"

　　听这位女士一聊，事情不大，但事关数千家庭，而且是孩子的事，是个好料。

　　什么事呢？

　　很简单，年底了，气温骤降，但这位女士的女儿就读的学校，死板得很，规定孩子不穿校服不准进校门。深圳是个南方之城，冬天的校服也很单薄。这可苦坏了孩子们，也急坏了家长们。

　　岂能如此僵化？

　　当然要曝光，要呼吁。

　　何况这所学校还是省一级重点：第一小学。

　　将来小宝要读的学校。

　　更加要监督之、督促之，使之变得更加美好。

我第二天就去了现场，暗访、拍照。

采访到了学校保卫处。

保卫处高傲得很："这是学校的规定，市长的孩子在这里读书，都一样必须穿校服，有什么好奇怪的。"

我要进入校园采访学校负责人。

被拒绝。

我问保卫处能否提供学校负责人的联系电话。

被拒绝。

为了把工作做得万无一失，我留下名片，表明我是来采访，来了解情况的，不是来讹诈的，希望得到校方的回应。

我在报社等到五点半。五点半，学生早放学，学校工作人员也下班了。

都没接到校方回应电话。无奈，我只好将校方保卫处的说辞、态度一一录入我的报道里。

下午六点半，正要把稿子发给编辑，一个电话进来了。

来人自称是校长助理。声音很醇厚："姚记者，校长刚从广州开会回来，想和你面谈一下。"

我必须得去。校长比保卫处更能代表学校。

校长很面熟。

他是人大代表，又是教育界的招牌人物，媒体上经常见到他。

早就听说过一句话，他这个校长顶半个市长。

小孩要进他的学校读书，副市长级别以下的条子、招呼，一概不管用。

牛不牛？

如果他的学校搬走，整个牛角塘片区的房价都要抖三抖，一批地产中介要关门失业。

牛不牛？

校长圆脸和善，声音低沉，跟他的助理的声音，几乎出自一个嗓子。

我把事先打印好的报道交给校长。

校长蛮怪，拿着稿子站起来，对着窗户，而且一边看一边念出声来。

降温了，能否不穿校服进课堂？

晨报记者姚奋斗　文／图

穿什么衣服上学，这在平时不是个问题。然而在气温骤降，人们纷纷裹上棉衣的时候，深圳第一小学的孩子们却依然要穿着单薄的校服，在严寒的天气里"硬扛"着，因为学校规定，学生必须穿校服上学。对此，记者实地采访，很多家长对学校这种死守校规的现象叫苦不迭，希望学校人性化执行规定，多一些人文关怀。

记者目击之一：可怜身上衣正单

……

学校保卫处：就是市长的孩子也必须穿校服

……

家长呼吁：特殊情况特殊处理

……

终于，校长一字一句地读完了，转过身来，说："写得很好。"

校长重新回到沙发上，给我移来一杯茶："姚记者很年轻啊。"

"三十已经出头了。"我说。

"哦？有孩子了吗？"校长没有进入正题，和我聊起来。

"有了。"

"几岁？"

"快六岁了。"

"快上小学了。"

这一来二往，心中明白大半。

这时，校长开始回应校服问题："学校保卫部门太教条，明天这个现象就不会有了。"

看我如实记下。校长起身，用力握手："感谢你们的监督，小姚，我们交个朋友。请你多爱护、支持。这次就不留你了，下次。来日方长，好吧。"

校长送我出校门。

微笑，挥手。

果然好厉害。

我不得不琢磨校长的话。

我不是蠢子,那都是话里有话。

中心医院临时宣布大宝她爸不能移植进口人工晶体的事,提醒着我,小宝的未来。

小宝能不能如愿在第一小学读书,跟这次报道,有关系吗?

没关系吗?

万事万物,中间暗含着千丝万缕的联系。

关系千万重。

花了一百二十多万,买了一个第一小学的学位房,并不是上了保险。

虽然房子有学位指标。

可是有学位指标的人多着呢,自由裁量权仍在校方。

在校长大人手里。

一百二十多万,不是一百二十多块。

进口人工晶体没了,还可以拿国产的顶上。

第一小学上不了,可没有第二个第一小学了。

回报社路上,我打电话给大宝讲这个事,问她的意见。

她没有给我具体答案,只说:"你自己做主,我支持你。"

越是这样,我越忐忑。

报道没发给编辑。

被我自我阉割了。

可是第二天一看,报业集团的一张报纸发了整整半个版面,还在封面做了大大的导读。

给我爆料的那位女士一大早打我的电话，一次、两次、三次，我都没接。

不敢接，心虚啊。

内部评报论坛里，有同事发帖子说："都说第一小学是老虎屁股摸不得，今天报业集团的同行，不就摸了吗？我们的《晨报》输得很难看。属于新闻漏报，重大失误，当追究民生新闻组的责任。"

下午，碰到组长老杨，他看我的眼神有点复杂，啥也没说。我跟他苦笑了一下，啥也没说。

能说啥？

君子报仇，十年不晚；小人报仇，一天到晚。

我就是小人。

"第一小学校服事件"之后，我暗自发力，无论如何要再抓一条"大鱼"，为民生新闻组挽回面子，报一箭之仇。

世上无难事，只要肯琢磨。

任何事都禁不起琢磨。

我琢磨到一个猛料。

几个月前，几乎每家报纸都登过一个新闻：污水菜。

讲的是郊区有一个蔬菜基地，长期取用一个小水库里流出来的污水浇灌，该菜地长的蔬菜，都是供应给周边十几个社区菜市场的，并且这些蔬菜流进市场前没有经过任何检测。

这个新闻的结果是：经营菜地的企业被整顿。

这是一个典型的应付式新闻。

不了了之。

污水菜涉及十几个社区的居民的一日三餐。这十几个社区七八万人，外来工占百分之九十五。外来工不可能为了买一把青菜，下了班，还跑到市区沃尔玛、家乐福大超市里。那里的青菜贵得要死。只能在社区里买菜。

这影响多少人？

绝非小事。

新闻完全可以再追下去：这些污水为什么会从水库流出来，是谁污染了水库的水源？

想到可以雪耻，我半夜翻身查找旧报道。

我的记忆有偏差。这些报道其实有提到水库为何被污染的问题，只是没有打破砂锅问到底。

其中一家报纸提到：

部门说法：多次调查找不到污染源

随后，记者来到了水库管理处。管理处告诉记者，原来这里有两百多万立方米的水，现在已经减少到六十万立方米了，这里的水现在主要用来灌溉市里的菜篮子工程。以前这里的水质非常好，没有受到任何的污染，水十分清澈。这两年，很多村民都向管理处反映水质变差了。

其实，管理处很早就开始注意到水库的污染问题了。管理处曾经去现场调查过污水排放的情况，但是几次都无法找出排放污水的源头。由于找不到污水排放的源头，管理处无法对症下药，所以污染才会越来越严重。

尽管每家报纸引用的说法都大同小异，但我觉得这里有诈。

真的找不到根源吗？

这污水难道是天上之水？

显然，这不符合常识。

我要挖地三尺，把根源找出来。

做成一个轰动全城的独家新闻。

第二天，我开上越野车前往水库。

巧的是，水库所在的地方，正是大宝上班的地方——东部新区。

调查刚一开始，就碰到一个惊喜。

水库有人在捡鱼。

为什么说是捡鱼？因为水面上漂浮着大片大片的死鱼，和奄奄一息毫无翻身之力的将死之鱼。

四五个男子，一根长竿子，套个网子，忙活得不亦乐乎。

多好的场面，我咔咔几个快门，把鱼和男人们都纳入了我的镜头里。

收起相机，假装成无所事事的人。

水库不小。灌木丛包围着它。水是黑的，像一个巨大的砚。

之前查过资料，随着周边几个规模工业区的建成，这个水库不再被政府用来储水，也就是说它的为人民服务功效已经不复存在。使命不再，自然，水库成了自生自灭之地。虽然管理处还没撤走，但基本上形同虚设。

因为处于半荒废，水库外沿的路不好走。走了一个小时，都还没走完。

再加上灌木丛一大片一大片，别说要找到排污口不容易，就是要拨开灌木丛就够费事。

终于明白了，为什么没有一个记者找到排污口，为什么连管理处都说不知道排污口在哪里，就是因为，这事有难度。

新闻是脚走出来的，终于在这里找到了最佳注脚。

第一天，毫无收获。

第二天，再来，还是没有收获。

第三天，好事不过三，成了。

一个直径半米长的排污口，从一截陡坡上张开了血盆大口。大口外面长满了茂密的"花胡子"———蓬盛开的三角梅，枝叶茂盛，花朵妖娆。

褐色的污水，正哗哗地流着，流进水库里。

这么一个排污口，要流多长时间，才能把这么个大水库给抹黑？

再找！

果然踩地雷似的，一连又找到了好几个排污口。

每个排污口都一一收进镜头。

爬上陡坡，往前走，一定要找到谁在排污。

一公里后，得到了答案：红曼家具。

这么一大片厂区都是这家家具厂的，难怪有这么多污水。

大门开着，来往的货车都挂着一个集装箱，看来生意很兴隆。

手机上网，一查，不得了，华南地区最大的家具集团、明星企业，这些年，以红木产品为主，以前主要出口国外，现在慢慢移师国内市场。

还有不少宣传报道："荣获年度环保示范企业"、"引进国际绿色生产线"，等等。

好大一只老虎。

要摸就摸老虎屁股。

这正合我意。

假扮来订货的。保安登记了我的证件，就放行了。

直取董事长办公室。

董事长办公室外，是一个会见室，会见室里一水儿的仿古家具，十分雅致。

首先问我的，自然是董事长秘书。

我递上名片，直接说明来意：采访。

到了这一层，你不直接说明来意是不行的。你说你是来谈生意的，不像。你说你是来正面宣传的，肯定会先预约。

只能开门见山。

白衬衫、花领结、黑色一步裙、肉色丝袜、高跟鞋，一身标配的小秘书，脸都绿了。第一反应是："董事长不在，请你明天再过来。"

"能否请相关负责人谈下这个问题？"我不可能撞开写着"董事长"三个字的那扇褐色大门。

"请你稍等。"小秘书似乎镇静了一些，"我通知相关的人和你交接。"

小秘书到饮水机边给我倒了杯水。

不知道是故意还是紧张，她倒的是一杯开水，滚烫。

然后她举着电话到了走廊上。

想不到两分钟后，迎接我的是三个粗壮保安。

保安上来就抢我的背包，另外两个架住我，怒气冲冲。

他们把我的相机打开，应该是看到了臭鱼，看到了排污口，然后砸在地上。单反相机瞬间变成尸首各异，机身是机身，镜头是镜头，镜头盖是镜头盖。

"卡没收了，滚！"摔相机的保安把卡取出，把机身、镜头、镜头盖扔垃圾一样扔进了我的包里。我被架了出去。

这一出戏，在我的应急方案中。

我一共有两张相机卡。每个场景，两张卡都给拍上。

我早就把一张卡藏在我的袜子里了。

也不想想我当了多少年记者，哼！

我出门报警。

在警车里做笔录的时候，打了个电话给组长老杨，老杨立即派组里的两个记者赶了过来。

两个同事下来一个，帮我带来笔记本电脑，帮我开车。我在车里开始写稿。

到了报社,长篇调查稿已经写完了。

老杨在报社门口接应我,说:"已经给领导汇报了,明天一个版见报,还有记协主席接受采访,声援记者正当采访。"

想着即将面世的报道,一夜无眠。快到天亮时,听着大宝的呼吸声,迷糊了一小会儿。

报纸没登!

一开始浏览的是电子版。

没有。

再看一遍,真的没有。

难道是电子版显示的问题?

立即下楼看报箱。

太早,报纸未到。

冲出街去,找到报摊,买了一份。

铺地翻报,一个版一个版地看,真的没有。

怎么回事?

才七点多钟,太早。不好打电话问老杨,也不好直接问老总。

我回到家再翻了一遍,这回发现了一个新情况。

红曼家具两个跨版广告,赫然在目。

被公关了。

谁我都等不及了。

我打电话给老杨。老杨也蒙在鼓里。

我问昨晚谁是值班领导。

老杨报了慕总的名字。

慕总是副总编辑，兼分管广告、行政和人力资源。

直接打慕总电话。慕总显然知道我早已怒火三丈，半天不说话，似乎在等待我收声后再说。很久后，他说："算了，这事就到此为止，广告大户，必须要给面子。你写的稿，工分会记上。摔坏的相机，照旧赔偿。"

四两拨千斤。

说得好轻巧。

好一个面子！

跟他还有什么好说的。

"慕总大会小会不是最爱说'新闻是立报之本'吗？"我把慕总的话说给老杨听。

"兄弟，你幼稚了。"老杨骂了一句脏话，说，"你非让现实给你一巴掌，才知道社会有多虚伪。"

想起"第一小学校服事件"，想起组里被扣罚的一万元，想起歪瓜裂枣的相机，想起被粗壮保安钳制，怒火平息不了。

九点一到，我把稿件文图制作成长微博，发了出去。

有图有真相。

有蔬菜基地。

有臭鱼。

有排水口。

有红曼家具厂区外貌。

有破碎的相机。

有报警回执。

有两个跨版广告。

一目了然。

微博被大家狂转。

我坐在电脑前,宛如回到了多年前炒股的模样,盯着不断变化的转发数、评论数,不漏过任何一条评论。

没有一条评论是批评我的。

我稍微放松下来,靠在沙发上,没两分钟,睡着了。

被电话吵醒。

慕总打来的,火气比我打给他的还大:"姚奋斗,你,现在,马上到我的办公室来。"

没等我说话,他挂了。

"去你妈的。"我骂出口了。

但我还是去了。我觉得这一骂都不过瘾,我要当面对证。

慕总见到我,完全失态。电脑屏幕上是我的微博。

"想造反?还是想当英雄?"慕总吼道,"还不把微博删了!"

想来好笑,我脑海里居然想起二〇〇二年的那个夏天,班里四十二个同学飙泪送我到北京西站时,一个考到中宣部当公务员的女生给我说的一句话:"铁肩担道义,妙手著文章,咱们班的新闻理想就靠你了。"

多大的一个讽刺。

我何尝不想理想一把！

可是难啊。

慕总看我对微博的事无动于衷，直接把我轰出了办公室。

看他要跳墙的急躁样，真不知道他向红曼家具承诺了什么。

老子偏不删。

转发已经过万了。

波及面很广。

这事我豁出去了。

哪怕警察找到我。

嘿，警察还真找到了我。

一男一女，看上去比我还年轻，尤其是那个女的，手里挎着一个小包，高跟鞋滴滴滴的。

一切都像电影里那样，男子从屁股后面掏出一张警察证，轻声说："到走廊里，向你了解点事。请配合一下，谢谢。"

我还以为是做笔录的派出所来汇报案情来了。跟了出去。

到了走廊，女子说："人来人往，不方便，不如到楼下车里。"

我跟着下了电梯，转到停车场，进了他们的车。

车里有一个司机候着。司机也亮了亮警察证，说："车里闷得很，到所里说。"

身正不怕影子歪。

去就去。

开了很远的路,但到的不是派出所,而是一个小宾馆。我被一前一后夹着进了一个小套间。

开车的男子坐在床上,我坐在一个塑料凳子上,面对面。

另外一男一女站着,低头摆弄着手机。

这气氛让我感觉不对劲。

"你违规进入红曼家具,涉嫌窃取商业秘密。"对面男子说。

我不说话。

"你这样做是违法的,要负刑事责任的。"男子又说。

我不说话。

"你赶紧把微博删了。"男子又说。

我还是不说话。

这时候,我的手机不停响起,我接了,他们也没拦我。

组里的同事打来的,声援电话。

我说:"谢谢。"

电话不停进来,同行打来的,慰问电话。

我说:"谢谢。"

我就这样一直在接电话,一直说"谢谢"。

坐在我对面的男子等我打完,一挥手:"可以走了。"

他们把我送回了报社。

报社门口碰到老杨。

我把这两男一女的情况一说,老杨嘘了一口气:"十有八九是假警察，恐吓你来了。"

可惜，恐吓无效。

接下来的一个电话，又是让我删除微博的。

让我为难了。

因为让我把微博删除的这个人，是大宝。

大宝到报社找到我。

这事跟大宝有什么关系？

这事跟大宝还真有关系！

红曼家具厂属于大宝所在的新区政府管辖。

大宝是新区综合办宣传科的科长。

辖区企业长期排污，污染水库，导致"菜篮子"工程蔬菜基地出产污水菜，直接影响辖区十几个社区、七八万居民的食品安全。

要责任倒查，新区政府当然逃脱不了干系。

这个时候，宣传科不出面，谁出面？

宣传科科长柴美好不打记者姚奋斗电话，谁来打？

一个曝光事件，让两口子对上了！

我忍不住笑。

是苦笑。

大宝无言。

"领导派我跟你说说。"大宝说，"我不想为难你，你自己做主，不管怎样，我都支持你。"

大宝转身走了。

轮到我无言。

想哭。

哭不出来。

小时候，以为自己长大后可以改变整个世界，等长大后，才发现整个世界都改变不了自己。

我拒绝了大宝。

我没有删微博！

我开始接受几个报纸记者的采访，讲述自己经历的过程。

有人跟进就好。

总有人敢掀翻老虎的。

比如武松。

老虎也不可能吼住所有人。

比如武大郎他弟。

晚上，我和大宝默默地吃着饭，没有说一句话。倒是我们的宝贝儿子，不停地在逗我们玩："爸爸妈咪，你们两人今天必须给我说一个相声。"

大宝说："你妈咪今天挨批了。"

我说："哦？"

大宝说："因为没有完成领导交办的任务。"

我说："后果如何？"

大宝说："调离宣传科！"

我说:"啊?!"

大宝说:"下到基层街道办!"

我说:"哦。"

大宝说:"以后上班会更遥远。"

我说:"哦。"

小宝嫌我们讲得不好听,找机器猫玩去了。

我看着大宝,第一次当着她的面,泪流满面。

10　中产什么都不怕,就怕有变化

走出家门。

梧桐叶纷纷飘落。

属于这座南方之城的冬天到了。

我也感受到,我的冬天到了。

行政部主任找我谈话:"我们接到有人投诉,说你在外头有公司,帮人策划广告,写广告语。这是传媒集团,也是《晨报》明令禁止的。"

我说:"我帮朋友策划过广告,但没开过公司,纯属帮忙,钱也是人家的一点心意。"

行政部主任又问:"听说你当初私自不报道'第一小学校服事件',收了校长的钱。"

我说:"我是采访了没报道,已经处罚过了。但我没收校长的钱。"

行政部主任不问了,让我这段时间好好休息,不计考核任务,报社会根据调查情况，考虑是否续签合同。

下午六点，我像往常一样，推开玻璃门，稍等片刻，进入电梯，按下"1"。电梯里，四壁是不锈钢，可以当镜子。镜子里的我，瘦了一圈。

人一瘦，就显得成熟。

我感觉自己成熟了。

穿过琴声萦绕的大堂，夕阳照例扑面。

落日余晖照例眷顾到每一个人、每一棵树、每一栋高楼大厦，并且留下母爱般的余温。

十八个大理石台阶下来，照例是深南大道。

对面地王大厦的户外广告照例开始迫不及待地跳起霓虹灯。又换了一批广告牌。城市里总有太多太多专门为中产者准备的闲情、旅行、美丽和美味。

但是，我和大宝，受过良好的教育，有稳定的工作，年收入三十万，这个城市典型的中产者，为什么无缘这些闲情、旅行、美丽和美味？

为什么活得那么累？

我站在人潮中，走着，想着。

不是让我休息吗？我这次要好好休息一下。

陪小宝去香港迪士尼。

陪大宝爸妈去澳门看大三巴。

送大宝一套高档的化妆品，绝对不买打折货。

回家一趟，看看我那站在三尺讲台上的老父亲，还有担心着她的博士小儿子的老母亲。

回北京一趟，会会老哥们，看看这帮苦逼的小中产。

小中产？

是啊，我们都是小中产。

一放松，更多机会找来了。

太多的朋友问我一句话："都啥时代了，还在报纸里？"

第二句话是："赶紧出来吧。"

我说："不急不急，我还有一个重要报道。"

这个报道，我早采访了，但总担心自己的能力不够，没有发出去。

我终于做了。而且做得很漂亮，有始有终。

虽然不是曝光，不是猛料。

但它对我很重要。

与其说是拯救他人，不如说是拯救我自己。

我用这个报道作为记者生涯的一个收尾。

这个报道就是"旧天堂"事件。提交选题那天下午，正是慕总主持。气急败坏的他始终不看我一眼，我更是连呼吸都懒得朝他那个方向。

我说，这三万本书，扫地出门，撒在地上，天一下雨，全部泡汤，要报道，拯救这三万本书，关注民营书店的生存；可以不发本地新闻，但至少可以发"书香版"。

慕总说话像把刀子："咱们确实有阅读版，但那都是合作书商给钱买的版面。要搞文化，也可以，但，我问你，每天多少本新书出来，有哪本书是非读不可的？有哪本书是非报道不可的？没有！没有利益关系的书，我们为啥给他做宣传？任何版面都是钱，版面也是生产力。当然，也包括阅读版。"

看到大家愣住了，慕总顿了顿，又呵呵地笑着说："当然，也可以破例搞一回，但你要想一个问题，报道出去了，万一没有人响应，拯救不了怎么办？这涉及我们报社的影响力。影响力也是生产力。所以，我要一个圆满。你能圆满，就去报道。"

"好。"我豁出去了。不管怎样，我都要把这个事搞圆满。

报道一

这么大个城市，容不下一个"旧天堂"？

旧天堂。一个二手书店的名字。一个关于书的悲情故事。

故事的主人公的名字和书店名字一样美：田园诗。田园诗十年独自一人坚守"旧天堂"，做着他的书店梦。书店就是家，家就是书店。连厨房、卫生间都摆满了书，晚上就在书垛上铺一门板，枕书而眠。

一个月前，因为交不起房租被房东赶出门外，三万本书也失去了栖身之所，撒在门前空地上。一周前，他说去广州找买家，就再也没回来。他在"旧天堂"招牌背面留下三个字：书无罪。多名逛过书店的书友，自发找来硬纸板、塑料泡沫，把书垫起来，免得书受潮。但随即雨季来临，书的命运揪着爱书人的心。田园诗的六旬老父天天拨打儿子电话，却换来一遍一遍的"暂时无法接通"……

书店梦：让所有人都爱看书

"旧天堂"藏匿在偌大的旧城改造小区里，很不好找，但只要问问小区的任何一个人，都可以得到详细的路线。可见，这个书店，街坊邻居很熟悉。找到"旧天堂"，书店变成了露天书摊。满眼旧书暴露在空地上，一排排的书架摆放在楼梯前，一个老者——田园诗的父亲，正在招呼零星的两三位顾客。"这还是微博转发后，才有这么多人。"热心书友姚先生说。

田园诗的父亲说，儿子被赶出来之后，就喊他过来帮忙。他来的第二天，儿子说他要去广州找买家，第二天中午回来，还交代他晚上别走，书不能离人。结果第二天没回，第三天没回，第四天接到电话。电话里，儿子让他办三件事：拖车要还给十二栋三○一的黄老板；借楼上二○三全老弟的两千元，先还上；书堆里有一捆书，是油纸包起的，全是童话，不要卖，直接烧掉，一定要烧掉。这个电话之后，儿子就音讯全无了。

在父亲的记忆中，田园诗高中毕业从老家月拢沙出来，几乎身无分文，一路扒车先去了北京，再下广州，之后来到深圳。这一离家就十年了。在父亲印象中，田园诗内向，不爱说话，就喜欢看书。前些年，应该是积攒了些钱，他搬到这个小区，租了个一楼的房子开旧书店。每年春节大年初一，田园诗都会打电话回去，让父母不要担心，说他在城里要开一个最大的二手书市场，让每个来的人都有收获，找到自己喜欢的书，要让不爱看书的人都跑来看书，闲着没事的人也跑来看书。

爱书成痴：完全不是在做生意

"每个爱书的人都有一个书店梦。"熟悉田园诗的朋友说，他的梦做得太无边无际。

光顾过"旧天堂"的朋友，向记者回忆起田园诗的一些事情。楼上住户邢先生说，他搜集来的书，种类繁多，人文、历史、哲学、科技、文学、自然，无所不包。有爱书之人曾在他这儿淘到了三联版叶灵凤先生的《读书随笔》、王元化先生和夫人张可合著的《莎剧论集》。但有时候觉得他就是一个怪人，完全超出了做生意的样子。每次收了旧书回来，田园诗做的第一件事就是把每本书细细擦拭，然后挨页翻，缺页的书就不要了，破损的地方则修补好，折角的地方给抻平。一本旧书折腾半天，还做笔记。

艺术家坚果回忆说，旧书无价，碰到顾客喜欢，讨价还价是常事，但田园诗碰到聊书聊得高兴的，不仅便宜卖，还附赠几本书；费孝通的《中国乡村考察报告》，在网上，这书得四十块，他才卖五块钱。坚果感叹，他完全不是从做生意的角度来经营书，他坚守的是关于书的理想。

隔壁一栋的李先生这么评价田园诗：对旧书太执着，个性内向，不善经营，太过理想化，收书只因兴趣不为利益，是他书店失败的原因。"两年前，我就说他会失败，"李老先生说，"他天天吃馒头，但是卖书却很便宜，我跟他说定价要保证不能低于同行的半价，但他却半卖半送。遇到爱书的人买完书，还问人家有没零钱坐车，两块、三块，给人送路费。"

　　众多热心书友都在出谋划策找线索，希望田园诗早日出现，让他看到这么多人在关注它，把"旧天堂"继续经营下去，完成他未完成的梦。而对田父来说，他只想让儿子能尽早回来，把书处理完，回家种田去，因为"睡在书上，很难受"。

报道二

"旧天堂"事件追踪报道

田园诗疑已出家

　　一周过去，"旧天堂"主人田园诗仍未现身，手机仍然联系不上。天降大雨，幸好有众多书友伸出援手，拉起防雨毛毡布，盖住了三万册旧书。本刊独家报道刊发后，全城媒体跟进报道，同时微博上也有网友呼吁大家关注这家旧书店的命运。很多读者周末以购书的方式，支持"旧天堂"。

　　记者在协助田父整理旧书的过程中，翻出了田园诗的两三本笔记本。里面有账目，有读书文摘，也有零星类似日记的感想，并夹杂了他与寺院的书信来往。笔记本里记有一些寺院的电话，包括六祖寺、南普陀寺、广化寺等。

借过钱给田园诗的全弟推测,田园诗极有可能已经出家,因为他本来就是佛教徒。全弟说,他被房东驱出门外的一个多月时间里,他病过两次,"一次感冒,半夜吐得厉害,我去看他,叫他去医院看病。他说医院贵,他准备去一个小门诊拿点药吃。但他最终连这个小门诊都没去。他还有肾病。有次,痛起来,他头抵着书,骂了句粗口,说自己连乞丐都不如"。

记者试着联系了小区管理处,能否先将书存放在他们那里,以确保不淋雨,田父也不至于睡在露天书摊上。管理处说这不是他们的责任,可不可以存放还要请示领导。

也有几家旧书店打来电话,表示要一口气全部买走。但价钱开得很低,用书友们的话说,"简直是趁火打劫"。

几个热心的书友商量,继续发动热心市民,关注"旧天堂",在田园诗出现之前,保护书,卖书,确保每一本书都能找到它应有的归宿。

报道三

"旧天堂"事件追踪报道

悲情故事有了圆满结局

田园诗还是没有出现。但是一个与书有关的悲情故事终于画上了圆满句号。一个多月来,在热心书友的帮助下,旧书终于有了归宿。截至昨日,三万多册旧书全部售出,这一结局多少给众多牵挂此事的书友们增添了几许暖意。

值得提到的是,昨日,被挑选剩下的一万多册旧书,由一神秘男子悉数买走。他说，书无好坏、时髦土旧，任何一本书都会有适合阅读它的人，这些挑剩的书仍有价值；田园诗是个有理想的人，但其理想与现实的差距甚远，他愿意为他把梦圆完；希望每个人为理想活着，并祝福所有坚持理想的人们。

没等到麻烦行政部通知我调查结果，在毕业第十个年头之际，我，辞职了。

第一次做这么大的决定，没有跟大宝商量。

为什么要辞职？一方面是自尊心在作祟，我不愿意再看到慕总那副阴阳怪气的嘴脸，我甚至不愿意自己写的稿子被他删来删去。一到他值班的那周，老子干脆放假休息，不做一个报道。

另一方面，传统媒体日落西山。这不是谁的问题，也不是哪个国家哪个地区的问题，这是全世界的问题。这是时代往前发展的趋势，时代的大脚丫子，必定会踩死一些花花草草，报纸就是其中的一朵花一棵草。收入在减少，一刷存折就知道；影响力在减弱，一看地铁就知道。以前进地铁，人手一张报纸，现在呢，人手一部机子。都看手机了。

但我又是有所留念的。

原因也有二。

第一，文字工作毕竟是自己的热爱。同时，在报社，关系再复杂也不会超过机关、企业。因为它不存在多大的团队合作，基本上还是单干户。

第二，不干记者，又能去哪里呢？虽然看上去到处都是机会，可都是口头承诺，不能全信的。而记者这份工作，马上就满十年了，满了十年，签的就是无固定期限合同，只要你不走，没人能奈何你。只要跟慕总低个头，事情就解决了。

想到要向慕总拱手，不情愿了。

天下之大，何处不是落脚点。

必须要做出选择，不能恋战。

我手写了一份辞职报告。

直接交给了行政部主任。

行政部主任有点吃惊，拖着官腔："下周一交给班子会议审议。"

我没有走电梯，走楼梯。

一层一层地下，感觉心空落落的。

十年记者生涯，就这么要结束了。

十年里，每次匆匆进出这栋传媒大厦，都没好好研究下它的结构。

避难所在哪里？

我一层一层地走，走到二十层，找到了避难所。

从玻璃墙望出去，蓝天白云，绿草幽幽，车流汹涌，楼林如笋。

我对这座城市太熟悉了。眼前的每栋楼，我都叫得出名字来。

而今，我又将重新开始。

接下来要干什么？

停一个月不工作，收入来源在哪里？

想到收入,心慌了。

职业可以变,理想可以变,收入不能变。

不能变少,更不能变没。

少了,没了,吃什么,喝什么?

中产什么都不怕,就怕变化。

越想越慌。

我走向电梯,按"上",回到了行政部。

我想收回辞职报告,再好好想一想。

行政部主任的门开着,但人不在。

做贼似的,翻动着台面上的资料,抽出了我的辞职报告。

转身离开。

就在要下电梯的一刻,我在心里狠狠地抽了自己一巴掌。

返身。

把辞职报告放回了原处。

用订书机压在上面。

然后迈步走出办公室。我知道我的脸上写着两个大字:

"悲壮。"

但我知道,不管如何悲壮,我不能再转头撤回辞职报告了。

生活不能想倒带就倒带,想NG就NG,那是听歌拍电影。

报社的效率总是那么快。一周后,辞职批了下来。交回门禁卡,扫走桌面上的书,取走档案,不到一个小时的时间,就正式宣布我跟这栋大楼,跟记者这个职业毫无关系,藕断丝不连。正是上午,编辑记者们都还没来上班,灯未开,偌大的办公室里空空荡荡、灰灰暗暗,一个个格子间,像坟墓。埋葬青春的坟墓。我的十年青春就埋葬其中,如今,人走魂散,连个墓志铭都没有。

来不及太多悲伤,走了出去。

接下来要干什么,仍是一头雾水。

甚至是一个谜。

我不能把这个谜底留给大宝和任何一个亲人。

那几天,我像正常上班一样,出门,晚归,面无杂色。

想起一部电影《开往春天的地铁》,徐静蕾和耿乐演的,耿乐就演一个失业的丈夫,每天假装上班,在地铁里晃荡一天,然后到点换上西装,回家。

我成了耿乐。

但我不喜欢到地铁里。我喜欢到公园里。

深圳的公园一律免费,而且风景宜人。

我在花丛中开始翻阅电话本、名片夹。这是这么多年积累下来的所谓的资源,或者人脉。希望从中寻找到合作的伙伴、新的老板或者其他的灵感。

有五个人值得我联系。

他们的事业都做得很大,大集团、上市、连锁等等。

我按名片上的电话打过去,三个居然是空号,一个转到秘书台,一个暂时无法接通。

空号!

大城市就这样,你三天不联系,对方就改号码了。人在城市里，要消失，容易得很，改个号码就可以了。难怪深圳有句名言："我可以天天请你吃饭，但我不能借你一分钱。"

在荔枝公园里晒了一个礼拜的太阳，突然想起这个月的房贷，我还没存。赶紧跑到银行去。柜台一问，超过一天了，扣不了款了，要下个月才一起扣，同时加收一个月的滞纳金。

"我现在就把这个月的贷款存上，这样扣滞纳金，只扣一天的。行吗？"我问柜台小姐。

"不行，错过了一天，我们就不扣款了，必须等到下个月再扣。"柜台小姐一边哗哗哗地拨弄着数钱机吐出的人民币，一边回答我。

"什么破规定！"一个礼拜的太阳把我的火气晒大了，我骂了一句，把笔狠狠地插进笔帽里。

"这我没办法。"柜台小姐一边捆着钱，一边说，"下次早点还钱，否则次数多了，银行会认为你不诚信。"

去你妈的！就这句"你不诚信"把我惹火大了。

"我怎么不诚信了！"我提高了嗓音，嚷了起来，"是谁让我们借钱？是你们银行。什么先消费后还钱，什么分期付款、零利率，什么钱不花不是你的，花了才是你的，是谁把这些观念塞进我们的脑袋？为什么要逼着人们借钱？事先诱惑老百姓，事后羞辱老百姓，金融资本就是这么无耻。还迟了一天钱，就说人不诚信，去你妈的诚信。知不知道中国人自古就有一个优良传统：不要借钱。成语'寅吃卯粮'，奉劝的就是超前消费！美国人诚信，不照样有几百万人断供!"

柜台小姐被我吓哭了!

泪如溪流。

所有人都看着我。

显然,我有点无理取闹。

我失态了。

我转身走出了银行。

一个老大爷跟上来,拍着我的肩膀说:"你说得不错。我支持你。"

我苦笑了一下。

这时电话响了,是老妈打过来的。我没接,平复了下心情,找了个安静角落,打了回去。

老妈在电话里说:"你大舅向你咨询个事。"

大舅问的是拆迁的问题。他有三间老屋,在老家小镇上,政府和地产商要联合起来搞开发,开高尔夫球场,球场边上建三十层的酒店式公寓。大舅的三间老屋正好在酒店式公寓的版图里。

"达不到你的条件,当然不干!"我给大舅出点子,"政府和开发商的钱,你这个时候不要,什么时候要?"

我开起大舅的玩笑:"你这三间小房,是有领空权的,酒店式公寓建起来了,三间小房头上的各个房间,都归你。"

大舅是个老实人,听到我出这个歪点子,赶紧打断我,说:"'领空权'太夸张,搞不得,搞不得,我要这么提出来,公安局不抓我,精神病院也会来抓我。"

11　有你信我，有你挺我，有你陪我

最后一天在荔枝公园里，碰到一个成功学培训营。

我都不知道他们为何要把队伍拉到公共场所来，三四十个人，男的，黑裤子、黑西装、黑皮鞋、白衬衫，女的，黑裙子、黑西装、黑高跟鞋、黑丝袜、白衬衫。

宛如一群逃难的企鹅！嘎嘎嘎的。

"巅峰人生成功训练营"，红旗迎风招展，猎猎作响。

"训练营"正好扎根在我的地盘。

一个"营长"模样的板寸青年，友好地向我打招呼："对不起，妨碍到你了。如果有兴趣，可以加入我们。"

我笑笑，站在一边。

正渴望成功，听听无妨。

"板寸"果然是"营长"。

"营长"的话热情洋溢，句句都是口号，都可以刷在墙上：

"这个世界上没有任何力量能够阻碍我们走向成功。如果有，

就是我们自己。"

"吃别人不能吃的苦,忍受别人不能忍受的委屈。做别人不愿意做的事,就能享受别人不能享受的一切。"

"如果你像一个穷人那样思考问题,那么无论你赚多少钱,仍会把钱全部花光而一无所有。"

……

我注意到,"营长"传授的成功学秘诀中,有一个核心问题,那就是:"你知道你为什么失败吗,为什么不幸福吗,为什么没房没车吗,为什么成不了千万富翁吗?都是因为你还不够优秀。"

他把所有的问题归结于人。比如自卑、怯弱、害羞、不擅社交。

"不要再做喜羊羊,大家要当灰太狼!"喊声震天响,"喜羊羊,No!灰太狼,耶!"

一帮蠢蛋。

看我无动于衷,不喊口号,"营长"走了过来,问我:"先生,你愿意当喜羊羊,还是灰太狼?"

尼玛,居然挑衅我。

我问:"请问你是喜羊羊,还是灰太狼?"

"营长"想不到我会反问,没说话。

我又问:"如果一个人告诉你,按照他的办法,就能成为乔布斯,你信吗?哪怕乔布斯复活了,天天给你上课,把你认为干儿子,跟他同住一间屋,你也未必能成为乔布斯二世。一个无名鼠辈,仅凭几个排比句,就可以把大家教成乔布斯,可能吗？笑话！"

"营长"仪态很好，微笑着，微笑着。倒是他的那些弟子有点站不稳了，含着怒气的眼里，秒杀着我这个异端。

我才不管，继续："把所有的失败归结于我们自己的成功学，就是告诉你，你失败了，你活该，可悲的是，大家都认同了。我们买不起房子，完全是因为我们自己不努力吗，跟社会没有一丝关系吗？你们刚才说，买不起房子，是因为不够优秀，扯淡，我们的物价与欧洲接轨，工资与非洲接轨，房价与月球接轨，地球人买得起吗？怎么能回避社会问题和制度缺陷！你们这种成功学，就是愚民学，宣扬过头了，社会永远不会进步！"

"滚蛋，你谁啊，什么玩意！"学员中，有人怒吼。

我担心被群起而攻之，走为上策。

大宝呢，被贬到新区下面的街道，没两天就适应了。"中央、省、市、区，我头上有四座大山啊，人家是'亚历山大'，我是'亚历四大'。"乐天派总是看到事情最阳光的那一面，然后放大它，乐和乐和，"直接跟老百姓打交道，那个爽啊，最大的规矩就是没规矩，最大的顾忌就是无所顾忌，嘻嘻哈哈，直接打成一片，而且工资还有涨，更基层了嘛。"

听得我心酸。

嘴巴上揶揄着大宝："从市委到新区到街道，真是水往低处流，人往低处走啊。"

"哎哟，还不都怨你。"大宝说。

"是是是，怨我没有配合你们宣传部门的工作，曝光了你们新区的明星企业。"我点着头，鸡啄米似的，"我离开报社了。"

"哦……"大宝"哦"了很久，然后问，"接下来，有什么计划，闲人？"

"闲着，闲着真好，软饭真香。"

"你要是李安，我就先养你十年。"

"真的养我十年？"

"真的，来，叫妈。"

"呸你一脸温柔的口水。"

"哈哈，我的姚李安先生。"

我不是李安。

即使我是李安，也不能让大宝养着。

大宝也养不起。

每个月银行的大嘴、孩子的小嘴，都得供奉着，断一天粮，他就跟你没完。

继续求职？

算了吧。

自己干点事吧。

干什么？

已经有主意了：微博营销。

我热衷于媒体与传播。

微博一出来，我就预测到这是一个革命性的浪潮。

不仅仅是工具。

超越了工具的意义。

它就是一个世界。

我成了最早一批使用微博的人。

一开始玩个人账号，然后玩公共账号。

像办报纸那样，我在微博上注册了一个"看这里"系列：@新闻热点看这里、@打折资讯看这里、@娱乐爆笑看这里、@健康养生看这里。

早上重点发布新闻热点，中午重点发布娱乐、笑话，晚上重点发布财经、打折。把写新闻导语的功夫，移植到微博里，简短、精辟、轻松。

平时各管各的，遇到要火的帖子，四号齐转。

这叫矩阵。

阵，布得不错，但毕竟没有足够的心思经营他们，粉丝上涨的速度起不来。但每个账号都有几条微博曾经大火过一把，转发上万，火烧连营。这都是以后吹牛用得上的案例。

粉丝不多，效益已现。

有人要求合作，希望发布他们的软广告。

有人想收购。

还有人私信邀请合作，帮忙维护企业官方微博、公司老总个人微博。

这里面的水很深，鱼很多。

但得首先学会游泳,成为高手。

这次,老子要下大力维护,而且要成立公司,招兵买马。

以最快时间注册了公司:微力传播。

公司口号和小时候看过的一个洗衣机广告,听起来一模一样:"微力微力,够微够力。"

那个洗衣机叫:威力。

心里倒很清醒,得从小做起。

在家楼下租了个三居室,月租两千五。

旧货市场捡了一套长条餐桌、靠椅,一条布艺沙发。

到电子市场采购了四台电脑,一台高配,三台低配,花了一万多块。

选了一株发财树。

所有东西都放置在客厅里,一个工作室就这么成立了。

剩下三个空房干什么?

给员工当宿舍。

面对油价贵,房价高,交友难,宅是最低的消费水平了,何况还是宅着有工作!

多好的待遇。

招人。

招熟悉的人。

想起带过很多实习生,微博、QQ、短信,联系他们,第一句话:"有工作吗?"

没有?

来,跟我干。

月薪二千五,包住宿。中午老板请客吃饭。

过来就是创业元老。

呼啦人马就这么拉起来了,三个老师一个学生。

都是公的。

自称:光猪四壮士。

干了起来。

很开心,像大学生活。

可以穿着睡衣上班。

讨论创意。

创作内容。

没大没小。

趣事多多。

三光猪,有一天发神经似的,我一进门就喊"董事长早上好",一出门就叫"董事长再见"。

他们还畅想,有一天和大客户谈大生意,事完了,要去吃饭,怎么充面子。光猪一扮助理,助理在电话里嚷道:"把董事长的奔驰600开过来。"光猪二演司机,回答:"我在前往国际机场的路上,要接美国苹果公司的客户。"这时,我的台词是:"算了,打车吧,节能环保。"

欢乐无极限。

有人请求发布广告。

每天都有专门的广告中介要合作。

可一问价格,五块、十块、二十块。

想想都看不上。

营销,多大的一个概念,怎么一个单也得五万、十万。

拒绝。

继续做内容。

只有支出,没有收入。

通往成功的路,无数条。可每条,总是他妈的在施工、施工、施工中。

第三个月,三个光猪的创业激情,黯淡下来了。

"老大,你是不是该主动出击,谈谈业务?我担心你最后欠薪跑路。"光猪一。

"老大,你人脉不少,要利用起来啊,有美女客户,我负责勾引。"光猪二。

"老大,没进账,天天掏你的兜,负罪感留在我们深深的脑海里。"光猪三。

我说:"好。"

倒有很多目标客户,都是交情不浅的朋友。

他们应该都有微博推广的需要。

把有需要的,罗列了一个清单。

清单列完，就等出击。

这才发现，引进来，容易，走出去，难。

打人电话，开口合作，挺难。

虽然是生意上的事，你情我愿，互惠互利，但就是觉得很难开口。

为什么？

三个字：怕拒绝。被拒绝多尴尬。

毕业十年，都是别人求我。

"兄弟，帮忙报道报道，发个新闻，哪怕豆腐块也行。多多关照，多多关照。"

"兄弟，来捧个场。不能发稿？没关系，人来就行。"

记者这个职业让我养成了一个不愿意求人的习惯。

对于一个不愿意求人的人来说，被拒绝，简直就是一个天大的侮辱。

伤不起啊，伤不起。

可必须走出去。

三个光猪在等着我。

要给他们希望。

我在名单中精选又精选。

找到了一个做服装的朋友。

他是总经理。

照例好招待。

他招待我。

按说，我来找业务，应该是我招待他。

他还把我当成记者。

无比热情。

还有一堆美女陪着。

"这是我们的公关部经理。"

"这是我们的销售部经理。"

端上来的菜，除了鲍鱼就是鱼翅。

我在心里苦笑："这桌菜钱，给我，三个光猪一个月的饲料钱都够了。"

情何以堪。

如何让我开口谈合作？

如何开口让他掏钱做推广？

脸皮一下子薄了起来。

来来来，喝喝喝。

谈人民币升值空间。

谈流行趋势。

谈八卦。

就是忘了谈微博推广。

还有一个熟人朋友，知道我辞职单干了，也很客套，可每次过去的同时，他又喊了一堆别的报纸、电视广告部主任过去，还特别热心介绍"这是刚从《晨报》出来的姚总"。像我是来抢生意似的。我一点谈正事的欲望都没有，嘻哈几句，拍屁股走人。天下之大，老子又不缺你这笔钱买米下锅。

再谈一家。

周夫福珠宝公司副总经理大壮。

和他，可以开门见山。

因为我们两人认识七八年了，帮过他无数次忙。他第一次来深圳就掉入招工陷阱，傻乎乎地信了中介，交了报名费后，第二天就喊过去面试，面试就念个名字就说OK了，然后要交制服费、工牌制作费、门禁卡工本费、上岗培训费，加起来好几千块，还押上了身份证。钱一交，确实让你上班，但下达的任务不是人能完成的，因此第二天就炒了你。当然费用是不会退的。等你再找中介，中介又再收你一次钱，介绍你到第二家工厂，然后你又被炒，以此类推。我接的爆料，跟着大壮找到了黑招工窝点。黑招工都是一帮烂仔，不但不退钱，还把我们关了起来。好在我早早做了多套预案，把手机藏在帽衫卫衣后面的帽子里，进了小黑屋，报了警。人证物证，警方捣毁了这个诈骗窝子。

大壮知道我已经离职。

我直抒胸臆。

他也懂微博。

多余的话不用说，问了具体合作细则和报价。

然后让我等消息，他见到老板立即报告。

饭都没吃，挥手告别。

干净利落。

有点像谈事的味道。

心里比吃鲍鱼、鱼翅踏实多了。

可大壮几天都没消息。

我几次想问,但还是按掉了电话。

耐着性子,再等等。

等一天。等两天。等了一个礼拜。大壮还是没有来电话。

我知道,事情黄了。

我要再追问,没准把大壮推到一个尴尬境地。

没必要。

划不来。

生意不在情义在。

友情万岁。

就在最绝望时,来了个大单。

我到中心书城买书,出来坐公交看到一件窝火事。

一排中巴,把公交站台给霸占了。

这排中巴,都是执法车,车身上刷着"某某分局"、"某某分局"。中心书城旁边是新的市政府大楼,显然这些车是来开会的。

开会也不能霸占公交车站啊。

想都没想,掏出手机,给拍了下来。公交车靠不了站,老人、孩子绕过霸道中巴,在两车中间、路中央,小心翼翼地上车。画面把车身上"某某分局"几个大字拍得清清楚楚。

马上上网,发微博。

执法车，违章乱停，知法犯法。

霸占公交车道，侵犯公共资源。

老人小孩，弱势群体。

在路中央乘车，安全隐患。

又是周一，深圳交通一周里最令人窝火的一天。"黑色星期一"讲的就是挤不上公交车，挤不上地铁。

如我预测的那样，这条小微博，瞬间点爆人们的情绪。

骂骂骂。

往死里骂。

人们把挤车挤出来的一身臭汗和委屈，发泄在这条微博上。

火爆全城。

等我回到工作室，三条光猪齐齐伸出拇指："猪还是老的辣。"

微博也是媒体，也是报纸，也是电视台。

一百四十字起到的监督作用，不比一个整版报道弱。

一条私信发过来："你好，我是分局宣传科的工作人员，请告知你的手机号码，想同你说明下情况。"

这些措辞无比熟悉。

灭火的来了。

仿佛又回到了记者身份。

"怎么办？"光猪一问。

"我们这样直接拍人家的车，有没有问题，侵没侵权？"光猪二问。

"他们会不会动用资源，封我们的号？"光猪三问。

我答："新媒体时代，人人都是记者。我发布的东西是亲眼所见。怕个屁。把我电话给他们。"

电话进来了。

他们讲话的那一套，我都能背诵出来。

"不好意思，既然你们承认我没错，那我就不能删除。"我三下五除二收了电话。

短信进来了："把你们公司的账号给我，一万块，马上打给你。"

一万块！

好大的单！

久旱逢甘霖！

三只光猪眼睛瞪得发光。

光猪一看着我。

光猪二看着我。

光猪三在抄公司账号！

"算了。"我说。

"不要他们的钱？"光猪们问。

"当然不要。"我说。

"牛叉，老大！"光猪们再次举起拇指。

我当然想要，可，能要吗？

"执法车霸占公交车道"微博事件，让光猪们发现了一个新的盈利模式：微博监督。

多少人有冤情？

多少人有委屈？

多少人是上访专业户？

帮助他们，顺带收点费。

穷人少收，富人多收。

谁说富人就没冤情，没委屈，不上访？

光猪一很快就拉来了一笔生意。

他的一个亲戚，小暴发户，家产千万不成问题。最近有了一桩窝心事，自己到一个边远城市参加山林开发的招投标，被当地黑社会黑了。刚一进招投标现场，牌子还没举，就被黑社会押到小屋子喝茶。条件就是不准举牌，否则，牌子举了，让你下半身永垂不举。后来还发现，黑社会跟拍卖公司也是一伙的。辛辛苦苦做了一年的调研，还和当地政府打通了关系，请客送礼，前期准备花的钱有十几万。十几万就这样没了，回到深圳后，想不过来，一定要举报坑人者。可是报社、电视都不介入，因为事情发生的地方太远啦，关键不属于深圳，地方媒体做不了外地的新闻。就是做了新闻，当地公检法也看不到报纸，没用。

只有微博可以帮他。

微博无边界。

"他愿意出多少钱？"我问，"这回，我愿意，收钱，干。"

"他说不超过三千块。"光猪一。

"太少了。"我说，"没准我们就能帮他追回十几万的损失。

太少了。"

他亲戚回话了:"图片是我的,你们就动动手指头,百把个字,居然三千还嫌少!太黑了吧,比黑社会都黑!不行,我自己发,不就是注册个账号吗……欺负我农民,不懂高科技。"

我哭笑不得。

生意黄了之后,四个光猪集体反思:"三千块是不是就可以干了?"

这个行业是新兴行业,缺乏定价标准啊。

大钱赚不了,小钱嫌人少。

"微力传播"在最后一顿午饭后宣布解散。

每个月一万多的支出,我不解散,三个光猪都要主动解散。

解散前,我给三个光猪赠送"临别遗言":

致光猪一:出名要趁早,房奴不要当太早。

致光猪二:你又不是人民币,怎么可能人人都喜欢你?帅?帅有屁用,买单时又不能用脸刷卡。

致光猪三:再丑也要谈恋爱,谈到世界充满爱。

三个光猪也赠我一条"临别遗言":

致猪头:作为失败者的典型,你实在是太成功了。

我还给每个人赠送了一个微博账号。

我自己留了一个粉丝最多的。

三个光猪倒很讲义气,把他们手里的公共账号打包卖给了一家团购网站,整整六万块。

六万块打到公司账号上。

公司终于有了一笔大额度的收入,当然也是最后一笔。

事后,我算了算,公司开了半年,房租、工资正好也是六万块。

等于我第一次创业并没有亏本,反而赚了。

赚了什么?

四台电脑。

一套二手座椅、沙发。

还有一棵发财树。

发财树倒是长得很茂盛。

非常吉利。

我和大宝抬着发财树,大宝说:"这次平本,下次发财,奋斗奋斗,继续奋斗。"

看着大宝傻乐的样子,我问:"你对我怎么总是这么乐观?"

"咳。"大宝背台词似的说,"爱情不是最初的甜蜜,而是繁华退却依然不离不弃。"

感动得我一塌糊涂:"下辈子你不嫁给我,我都要嫁给你。"

我真的是发自肺腑。

幸福不过三件事:有你信我,有你挺我,有你陪我。

12　上了"非诚勿扰",奇葩博士还是光棍一条

人一幸福,就喜欢惹是生非。反正我就是这样。

在我的主导策划下,我妈、美好的积极参与和起哄下,我们家那奇葩弟弟奋进博士,上了电视,相亲,"非诚勿扰"。

那整个过程一个可乐呀!

奋进马上博士毕业,要离校了。工作,既是如愿以偿,也是无奈之举地签了研究院。

人进了研究院,也就进了老人院。同事基本上都是老头老太太。嘴上哥啊姐地叫着,其实都是叔叔阿姨的辈分。就像奋进在相亲节目开场白里说的,研究院的大姐们在介绍对象方面,那是相当的尽责和努力,一到周末就张罗上了。搞得奋进一到周末就抱着肚子说拉肚子了,或者胃疼。肚子不能老疼,那就说打球脚崴了,学瘸子,还是比较容易的。

奋进为什么不愿意?不是不喜欢看女孩,是这些大姐太不实事求是了。

"你们搞研究的,实事求是,按理说,应该是职业习惯啊。"我在电话里问。

"就是搞研究的时候太实事求是了,所以一到了生活就特别不实事求是,简直是满嘴跑火车。"奋进说,"介绍任何一个女的,都说'特别漂亮','非常有气质'。妈呀,见过丑的,没见过这么丑的,乍一看,挺丑,仔细一看,更丑。有个大姐说话更文艺,写散文似的,说介绍的姑娘回眸一笑百媚生,我看了,是她的回眸一笑,引来的是世界一跳。"

"真够损的啊。你也不是什么大帅哥!"我揶揄奋进。

"问题就出在我不是大帅哥,可是大姐偏偏跟人家女孩介绍我说,风度翩翩,和刘德华长得很像。天呐,我哪里像刘德华,不过鼻子钩一点而已。结果,双方带着无比美好的心情见面,一看,双方都想吐。"奋进"哇哇"起来。

长兄为父。我已经有家有口,不能不管弟弟。我把和奋进通电话得到的信息,分别转告给了大宝和我妈。

大宝在床上听得咯咯直笑,说:"一开始我觉得,你是你们姚家的奇葩,想不到,奋进,才是真正的奇葩。他比你有才、有个性,不演戏都浪费了。"

"说正事,怎么办?你们机关有没有适龄女青年?拉个郎配?"

"找公务员?此路不通。"

"为什么?"

"女公务员,基本上分两种,一是已婚的,二是未婚的。"

"你这不是废话吗?"

"现在招公务员,本身女的就招得少,凡是有个单身的,早就被一帮饿狼瓜分了,或者被比奋进他们研究院的大姐更热心的大姐介绍出去了。奋进是周末才有相亲,人家,每天都有相亲,档期比明星还满。没办法,公务员现在太吃香。"

"哎哟,娶到你,小的三生有幸,有幸,有幸。"

"去。"大宝手一挥,躺下了,很久之后,突然又坐起来,嚷道,"上电视,相亲节目。"

"你这馊主意,奋进没毕业时,我和我妈就想过。下下策,实在不行再出这招。"

第二天,我就给老妈打电话,电话一通,老妈先说了:"我昨晚看了那个著名的相亲节目'非诚勿扰',乐了一个晚上。唉,现在的人真大胆啊,不到十分钟就下跪,求婚。要放在我和你爸那会儿……"

我打断了她的感慨:"然后呢?"

"什么然后?"

"你没把这个节目和奋进联系在一起?"

"你说让奋进上电视相亲?"

"啊。你以为是让奋进当评委?"

老妈沉默了。好久才说:"举着电话说,累。上QQ说,视频。"

视频对话。

"拿得出手吗,关键?会不会一上去就被灭光了灯?传开来,一大博士,那多没面子。"

"你太小看奋进了吧。"

"问题,你爸爸老古董,老文人,老知识分子,肯定不同意。"

"就一娱乐。你们想太多了。"

"找对象,怎么是娱乐?你这么说,你爸更不会同意。"

"我是说,在娱乐中找对象。有句话不是说寓教于乐吗?这不正是寓教于乐。"

"那倒也是。现在都什么年代了。不过估计你爸还是不会同意。"

"那就瞒着他。上了节目再说。他八百年不看一回电视。要成了就告诉他,不成,就当什么也没发生过。"

正说着,QQ滴滴响了一下,头像是英国披头士乐队的主唱约翰列侬。奋进上来了。

我把奋进拉到一个群聊小组里。

我问奋进:"少见你这么早登录。"

奋进:"接一个资料,烦死了,巨大无比,下了半天还没下完。"

妈:"奋进,一个好消息一个坏消息,先听哪个?"

奋进:"好消息。"

妈:"给你报了名,上电视,相亲节目。"

奋进:"坏消息呢?"

妈:"节目组通过了,下个月录节目。"

我:"就一娱乐。"

奋进:"你们是担心我光棍?"

半天,我和老妈都不知道该如何回答。

奋进:"那我就证明给你们看看,我会不会打光棍。"

我:"什么意思?"

奋进:"这节目,我上。"

妈:"那要好好准备。要到北京拍你的片子。"

奋进:"我身体健康着呢,不怕。就是担心有辐射。"

我:"贫嘴了吧。"

妈:"那我帮你留心下现在台上的女嘉宾,看看哪个好。"

不打无准备之战。这是我和奋进从小听得最多的一句家教。

"这节目到底怎么上?怎么在娱乐中把女孩子牵了?"一周之后,奋进坐着高铁到了深圳。奋进前脚进门,老妈后脚赶到。

正是饭点时间。老妈对大宝说:"今天你别做饭了,留出点时间、精力,开个头脑风暴,帮奋进想想主意,怎么才能展现姚博士的真才实干。"

小宝听说妈妈不做饭,赶紧问:"奶奶,那我们吃什么?"

老妈说:"奶奶请小宝吃大餐。"

小宝兴奋道:"好,我要吃麦当劳。"

"瞧你这点出息。"大宝帮小宝穿上鞋子,一家五口进了电梯，按下了负一层。

车行驶在霓虹闪烁的街道中，城市一幕幕映在车玻璃上。老妈问旁边的奋进："上节目，兴奋不？"

奋进说了句："我看你们比我兴奋。"

小宝嚷嚷起来："叔叔上电视了，我也想上。"

我捏了小宝一嘟嘟脸，说："瞧你这点出息。"

包间里。老妈把服务员叫来，菜单一丢，特别神气地说："你给我们安排就是。"

我和奋进相视一笑。

"笑什么？该你们谈创意了！"老妈手依次点过我和奋进。

"妈，你真够潮的，不过说得很对，一定要有点创意。否则打动不了那些女孩。那些台上的女孩没几个是诚心找对象的，有的男嘉宾多优秀，身高、相貌、工作、学历、谈吐，可她们就是看不上。看了都生气。"大宝说。

"我也观察到了。所以我们首先在心态上要放松，对吗，奋斗同志？"老妈问我。

我抱着手，煞有介事地点点头，说："展示第一，牵手第二。"

"不对。牵手第一，展示第二。"奋进摆手，拿着一根筷子敲着桌子边缘，"你们不用担心我，不用安慰我。我是个战斗型选手。"

我和老妈诡秘地偷偷对望了下，笑了。主观能动性最重要啊。

"本色演出吧。"大宝还在圆场。

"好，那就本色吧。"奋进说，"我的本色在哪里？"

"幽默啊！"我和老妈异口同声。

"但不能过头了。过头就是油嘴滑舌了。女孩子一般不喜欢油嘴滑舌。"大宝说。

"你嫂子讲得很关键。"老妈说。

"要出其不意！尤其是才华表演部分。"该我出主意了，"你上去弹吉他唱歌，肯定是少不了的。但是光有这个还不行。你弹得再好，摇滚得再有激情，人家认为是理所当然的。"

老妈抢了一句："摇滚不要太那个什么重……"

大宝接上："重金属。"

"对。太重金属了，人家女孩喜欢，女孩家长未必喜欢。"老妈说。

大宝附和："妈讲得有道理。"

我说："就唱汪峰的《春天里》，但不要改歌词，什么'如果有一天，我老无所依，请把我留在新闻联播里'，太愤青，就算了，就唱原唱。"

小宝举手："我喜欢听叔叔唱《春天里》。"

大宝把小宝手按下。

我说："来点与你这个博士形象、摇滚形象都有反差的才艺。比如……"

"我跳个芭蕾。"奋进用手指在桌子上比画着芭蕾的样子。

"我倒觉得真可以跳舞。"大宝说，"我愿意奉献一份

182

力量。"

"你说你的梁祝吗？"我问。

大宝点头："奋进的气质很飘逸，适合梁山伯，穿上白袍，包上发髻，白衣飘飘，一定很惊人。"大宝自告奋勇站到一边，有模有样地翩翩起舞起来。

"我想来个二人转。"奋进自报节目。

我们呆住了。然后报以热烈掌声。"好，反差越大越好。"我说。

节目录制开始了。

"博士毕业后，单位大姐介绍我相亲，首先问我：'喜欢什么样的女孩？'我实话实说：'我也不太清楚。'大姐又问：'那你想想你喜欢过的女孩有什么共同特征？'我想了想，说：'哦，她们的共同特征是都不喜欢我！'"

"为什么都不喜欢你？"主持人故意忍着不笑，"说说理由。"

"我自己总结过，首要原因是我不会聊天。"奋进说，"我有十五句口头禅，都是女孩们最讨厌的。"

"哦，是吗？"主持人摸摸光头还是装着很认真的样子，忍住不笑，"哪十五句？"

"不是早和你说过吗？你自己看着办。随便。你可以找到比我更好的。我没办法对你好。你要这么想我也没办法。你想多了。那就这样吧。无所谓。算我错了行了吧。以后再说。您所拨打的电话正在通话中。哦。嗯。"

　　底下已经哄堂大笑。主持人继续不笑,说:"看来文凭太高,找对象确实不容易。"

　　"我也成功过。"奋进接过话来,"博二的时候,我追上过一姑娘。"

　　"你为什么喜欢她?"主持人故作惊讶,斜着身子,偏过头来,凑近耳朵,快速地问。

　　"因为我认为她美丽、大方、智慧、有爱心。"

　　"她为什么喜欢你?"

　　"因为她喜欢我认为她美丽、大方、智慧、有爱心。"

　　哈哈哈。主持人终于没憋住,手舞足蹈起来,手里一叠台本卡片差点被他甩出去。观众席有人站起来,跺着脚,鼓着掌。有人伏在身边人肩膀上,笑弯了腰。

　　开场白第一part一完,进入"短兵相接"环节。亮瞎我的眯眯眼,居然没有一个人灭灯。

　　几个姑娘举手。

　　主持人给了13号机会。

　　13号显然还沉浸在上一个话题。台子上的纸板写着她是总裁助理,爱情宣言是"讨厌男人大男子主义"。穿着拖地晚礼服的她问:"请问你在选择女朋友的时候,是重视她的内涵还是外表?"

　　"当然是外表!"奋进说。

　　"这样会不会太肤浅呢?要知道美丽只是短暂的!"

奋进接过话:"可丑陋却是永恒的!我还是喜欢你这样的短暂的女孩。"

12号是典型的知性打扮,白衬衫,台子挡住了她的下半身,但有一个从背后拍的镜头,显示她穿的是黑裙子。头发扎得高高的,露出亮亮的额头。台子上的纸板写着她是大学老师,爱情宣言是"男人有点大男子主义也不错"。她叫白鹭,据说是台上被选为心动女生最多的一个。她的话不多,这是她第一次提问。

"你是博士,而且还是哲学,想知道你的梦想是什么。"

"客厅放一台ATM机。"

台上二十三位姑娘笑歪了。唯独12号杏目怒睁,大喊:"不准贫嘴!"

"做一名摇滚歌手。"奋进两腿一收,站直了,说出这么一句。大家更是笑翻了。

奋进看看主持人,再次重复:"还真是想做一名摇滚歌手,大家别笑。"

主持人一瞅手里的卡片,笑脸瞬间一凝固,跟着严肃起来:"嗯,大家还真别笑,这哥们特长还真是唱摇滚。大家请看VCR。"

大屏幕上播放着奋进和他们的"蟑螂与小强"乐队的故事。有演出,有嬉闹。那是无敌的青春,个性张扬,酷呆了。

谁想得到一个哲学博士居然是摇滚乐队的吉他手。现场一片哗然。

才艺展示自然少不了吉他弹唱。但奋进一摆手:"我今天给大家来个二人转。"

台下丢上一块红手绢。手绢绣着一轮一轮的金线。

"正月里来是新年,大年初一头一天,家家团圆会呀!"二人转经典曲目《小拜年》响起,奋进耍起了,手绢呼呼地在手指尖上转着。活脱脱一个本山大弟子。

随着二人转进入尾声,奋进把手绢往空中一抛,手绢飞入观众席里。就在镜头扫在一个胖子抢到了手绢、满脸羞涩时,奋进熟悉的歌声出来了,伴随着他的歌声的是低沉的吉他和弦。是那首大家熟悉的《春天里》:"还记得许多年前的春天,那时的我还没剪去长发,没有信用卡没有她,没有24小时热水的家,可当初的我是那么快乐,虽然只有一把破木吉他。"奋进没有恶意修改歌词,唱得字正腔圆,唱得激情万丈。这是真正的奋进,一个有思考有梦想的八〇后青年。

这个时候,全场真正沸腾了。12号鼓掌不愿停下。

但是随即,当当当,很多人把灯灭了。但也有人把灯爆了,愿意跟男嘉宾走。爆灯的不止一个,两个。

主持人让两个爆灯者发表宣言。第一个女孩说:"男嘉宾,一个字,酷,两个字,很酷,三个字,非常酷,四个字,想不到的酷。"

主持人纠正说:"那是五个字。"

第二个爆灯女孩说:"男嘉宾是一个珍稀动物,博士、哲学、摇滚梦,跨界跨得太大了,我喜欢。"

第三个留灯是12号,白鹭。

"有请三位女嘉宾。"

三个女孩摇曳着曼妙身姿,上了台。

主持人示意大家看大屏幕,一行字打出:心动女生?

12号。

再次哗然。几乎是不约而同地,奋进和12号低头一笑。一半羞涩,一半荡漾着幸福。

主持人也甜蜜地看着奋进,顿了顿:"好,咱们把程序走完,最后一个环节:男方提最后一个问题。"

奋进从裤袋里摸出一样东西,亮了亮,是张彩票。"假如我们牵手了,我想把这张'大乐透'送给你,追加投注的哦。然后你发现,中了大奖,一千万,你会怎么办?"

左边爆灯的姑娘,磨磨唧唧了半天,吐了一句话:"对不起,实话实说,我还真没想好。"

右边爆灯的姑娘,倒是一句脱口而出:"不怎么办,生活照旧。"

12号白鹭,脸仰起四十五度角,说:"我想报答我妈妈,妈妈辛辛苦苦把我带大,尤其我上大学,爸爸重病在身,妈妈白天工作晚上兼职,让我上完大学。想首先带妈妈好好玩一玩,出趟国。"

"孝顺的孩子。"主持人接了12号姑娘的一句,"小伙子,上去吧。"

奋进没动。仿佛踩到502强力胶水了,动弹不了。现场都注视着他。

"对不起,我放弃。"奋进来了这么一句。现场的注视改为对视，你看看我，我看看你，以为听错了。

主持人倒很淡定："你确定？"

"确定。"

整场都没说话的情感导师坐不住了，终于发话了："你这是玩弄人吗？男嘉宾，请给我们一个理由。"

奋进说："如果奖金是一百万两百万甚至是五百万，我很赞同12号女嘉宾的说法，孝顺父母，买房或者环球旅游，都可以。但是这是一千万啊，这么大笔钱，你至少得想想怎么捐出一部分吧。"

右边爆灯的女孩抢着说："我也没有说不捐啊，我们三人都没有说不捐。"

"可你们就是没有说出来。"奋进低着头，眼光在寻找他的那把红吉他。

主持人伸出了手："好吧，尊重你的选择，祝你好运。"

哎哟喂，我的亲人！你搞什么东东？

千古难逢的机会，居然放弃了牵手，不行到爱琴海走两圈也行啊。

"奇葩中的奇葩！鉴定完毕。"这是我说的。

"也不能这么说。"大宝说，"奋进是真正有思辨能力的人，如果每个人，至少每个中产者，都像他这样，不人云亦云，坚持标准，保留纯真，社会会变得更美好。"

"你上升的高度太高了，他要再坚持，中国进入下一个五年计划，我看他还是光棍一条。"我说。

但我妈的观点说出来却吓了我们一大跳。我妈支支吾吾了半天，冒出一句话："奋进，会不会是同性恋？"

"啊！"我和大宝嘴巴合不起来，半天才吐出三个字，"不会吧。"

13 退无可退,中产也就这样了吧

我都怀疑大宝偷偷修过心理学。她越是对我放心,我就越紧张,越不敢懈怠。

于是,第二次创业又开始了。

这次认清了自己的致命弱点:羞于求人。

是真的羞于求人吗?有时候我又反思,觉得不是。

之所以现在是,是因为生活没有把你逼到最后一个角落。

"微力传播"盘子小,投入小,即使亏光,也不会伤到筋动到骨。

要真是整个家底都投进去了,你的自尊还有那么值钱吗?

第二次创业还是跟传播、传媒有关。

这次做的是电视。

当时给"微力传播"租房的时候,我就注意到一点,这个小区的房租不但比周边的贵,而且空置率很低。问中介是什么原因,中

介说:"珠宝创意园带旺的。"

以前没怎么注意,这次一找房子,才发现这处原本破破烂烂的水贝工业区,摇身一变,成了创意园区,全是珠宝企业。

一到晚上,站在"微力"阳台上一望,各种超大屏幕的LED广告,全在播放着性感美女,和她们手上、脖子上、耳朵上的珠宝。黄金、白银、钻石、翡翠、玉。珠光,宝气。

因为有政府的扶持,水贝片区早已形成了完整的产业链:自有品牌、原材料、代工、包装、专业市场,等等。每到文博会,"中国珠宝看深圳,深圳珠宝看水贝"的标语,满大街招摇。

百度一下资料,四组数据足以说明问题:汇聚了一千五百多家珠宝企业,生产及交易量占全国市场份额的五成以上,拥有黄金珠宝"中国名牌产品"二十四个,全国只有五十二个,占百分之四十六。

当时我就过了一下脑子,产生一灵感:这个产业这么大,但是除了一个珠宝网之外,还没有一个专业的媒体服务于这个超级集中的产业基地。报纸没有专门的珠宝行业版。电视没有专门的珠宝节目。全都分散在服饰、时尚一类的板块里。

怎么会这样?

这是对深圳珠宝产业蓬勃发展的蔑视。

简直就是有眼无珠,看不起有钱人。

无巧不成书。

微博营销关门第二天,中午,周夫福珠宝的大壮,滴滴滴,猛打我电话。我打回过去。大壮似乎正在电梯里,信号不怎么好,呜呜啊啊的,最后只听到一句清晰的话:"刚在电梯里,时间,现在过来,地点,开心酒楼。"

闲着没事,过去了。还以为大壮要跟我说微博营销的事,谁知道他根本没提:"今天吃饭的理由是,我做总经理了,CEO。"

得意得忘了我当初找过他的事。

就两个人吃饭,又是在包间里。我聊起珠宝推广的事:外包一个电视节目,为水贝一千五百家珠宝企业服务。为什么是电视节目不是报纸呢?因为珠宝,更适合视频、立体、灵动、精致。要是放在报纸上,新闻纸黄不溜秋的,不好看,要是黑白版面,更是糟糕,真的都变成了假的。

"好啊。我们周夫福一年的广告费近千万,都没花出什么效果。"大壮的这句话太给力。

媒体运作,对我来说,简直就是小儿科。不用打草稿,我就把节目的框架搭起来了。

我说:"这个节目,目标就定位在水贝这个圈子,就是宣传企业,推新产品、新设计、新品牌,当然,宏观方面,还有国家、省、市、区的政策发布,行业的重要资讯。栏目我可以想出的有:新品牌、新产品、新设计、新人物、新动向、新资讯。'新人物'可以做企业家、设计师的专访。节目每周一期,播完之后挂在网上和官方微博上。同时做活动,每期有个销售排行榜、新品人气榜等。还有年度珠宝大赏,评十大品牌、十大设计等等。还有慈善之夜。等等。"

"我看可以有。"大壮咬着手指说。

"做到真正的全媒体，线上、线下相结合，节目、活动相结合。"我灵感又至，"节目名字就叫《天下珠宝》。"

"好，大气。"大壮和我碰了一下茶杯，"我们怎么参与？"

"参与办法很多。第一，独家冠名，一年多少万，这个钱，我给你折算成超值的宣传费用；第二，你们入股，承担节目初期的运营，赚了钱分红；第三，你个人入股，条件是让公司冠名或者特约播出。"我说，"你现在是总经理，在老板面前是说得准话的人。"

我就知道大壮会对第三条感兴趣："个人怎么个入股法？"

"你让周夫福冠名。你就算入股。你不用投钱，只管收益。但是节目筹备期，你要带我去拜会珠宝协会的领导、创意园的领导，建立联系，因为以后少不了协会和创意园的支持。还有人才推荐。这个节目说白了就是软广告节目，需要懂珠宝的各种人才。"我说。

"就是不入股，我也会帮你建立这些联系。"大壮拍着胸脯说。

"那也可以直接把赞助费的回扣还给你。"我嘿嘿地笑着。

我都不知道自己是怎么想到"回扣"一事的，灵光乍现，一套一套的，搞得自己像个久经商场的老麻雀。

或许是社会新闻做多了，无师自通。社会的潜规则，无论哪个行业，其实都是通的。一句话：互惠互利。

大壮让我定一个具体的钱数，如果独家冠名的话。

告别大壮，我直奔电视台，找到了老友冰山。

冰山是时尚频道的执行总监。珠宝对时尚，对得上。

在电视台楼下的星巴克里，咖啡都忘记了点，我便开口："兄弟，今天急着找你，是想让你入个干股。"

一开窍，全部开窍。

我好像打通了生意场上的任督二脉。

一句话就打动了冰山。

注视着我，等待下文。

我把《天下珠宝》节目的播出内容、时间、时长、重播次数告诉了冰山。

强调："给我一个折后的最低价格。"

冰山从手机调出一个外人永远看不懂的广告价目表，按着计算器，半天报出一个数字：不包括制作费用，一年一百五十万，已经是最大优惠；可以两个月一付。

掐着这个数字，我连夜写了一份商业策划书，独家赞助，一年，一百八十万。

第二天就发邮件给了大壮总经理。

这次大壮反馈速度之快，跟刘翔〇四年那场百米跨栏一样，超出我想象。

第二天中午，大壮又是在电话里通知我："刚在电梯里，时间，现在过来，地点，开心酒楼。"

开心酒楼啊开心酒楼，真呀真开心。

大壮说:"老板同意,一百八十万。但是分三次支付。每次六十万。"

我故作迟疑了几秒钟,然后吐出两个字:"好吧。"

房子就租在创意园里,一个很旧的老房子里。

还是三房一厅。

这回,房子不能做员工宿舍了。

招兵买马。

也不是光猪四壮士了。

八条枪。

财务、行政一人挑。

剩下三男三女都是记者,其实就是业务员。

还有一个美女负责撰稿和外拍出镜。

全是八五后,青春无敌。

岗前培训,我讲的全是干货。

我对三个男业务员说:"我谈恋爱的时候,一直以为最令人心碎的话是她对我说'我们分手吧'或者'我爱上别人了',现在才知道我错了,应该是:'天是蓝的,海是深的,我对你是真的,爱你是永恒的,但是没有房,嫁给你是不可能的!'加油吧!"

我对三个女业务员说:"有个段子是这么说的:你看芙蓉姐姐看什么?脸蛋、身段、胸?白活了。仔细瞧,芙蓉姐姐全身上下就写着三个字:不怕笑。这是芙蓉姐姐成功的秘密。我觉得说人家不要脸是不对的,正确的应该是:不怕笑,不怕笑,坚持不怕笑。加油！"

主持、摄像、制作，全是外包。

现在这个年代最大好处是，技术永远是第二位的。

办公场地小，但不影响"天下珠宝"牌子挂得大，挂得显眼。

和创意园标牌挂在一起。

三男三女业务员不用打卡，全部放出去。

只要完成任务就是，管你在哪里潇洒。

我坐镇指挥。

当业务员跟企业有了实质接触，我就出击。低三下四、客客气气的事，有业务员在做，我扮演的就是一个行业专家，绝不轻易谈节目合作。先谈中国文化，谈创意趋势，谈行业动向，观点绝非大路货，绝非老调重弹你知我知大家知，一定会出新，一定会打通，跨界，跨N个界，信息量大得你脑子装不过来。触动你，让你有所琢磨。琢磨透了，你获益。琢磨不透，你要想着法子让我说明白。

姿态很高。

永远保持神秘性。

往往事情就成了。

即使当场不成，也在酝酿着成。

谈业务跟谈恋爱一样，神秘性必不可少。

但又不能太神秘，要露出冰山一角，这个一角还必须是货真价实的，你不能搞个泡沫代替。

我手里货真价实的东西，就是一个实实在在的电视节目，每周播出几次，收视率是几，受众是什么人。这个东西播出后，还在别的什么地方二次传播。

看得见，听得到。不是空手道。不是把你当白狼。

每天要制造这神秘感，让我压力巨大。

每天都在学习。关于珠宝，关于中国文化。

光中国玉文化，都可以讲一年的"百家讲坛"，你说博不博大，精不精深？

永远都是小学生。

永远都是大海绵。

不停学习、吸纳，一些精彩的段落、故事，甚至要背出来。

故事讲到哪里该停顿，该看着对方，都有讲究。

有事没事我就跟大宝、大宝爸妈讲珠宝故事。

其实我是在演习。

他们不听，我也要转到他们面前讲，眉飞色舞，唾沫横飞，疯癫痴傻，十分入戏。

真的是，生活不易，全靠演技；把角色演成自己，把自己演到失忆。

好在有周夫福前期六十万做基础，让我能够从容地学习。

节目在珠宝行业内的知晓度，在第三个月达到了百分之八十五。

每期的收费广告占到了节目时长的一半以上。硬广告签下了三个，一个签了一年，两个签了半年。

一个人，如果你不逼自己一把，你根本不知道自己有多优秀。

哈哈哈。

自信大增。

拜大宝讲过的吉利话：终于成了。

那段时间，是我特别享受的时光。节目播出顺利，当然进账更顺利，心情像一朵大棉花，飘浮在瓦蓝瓦蓝的天空上，别说有多惬意。很多次，我觉得自己是个成功的人，不是因为赚了钱，而是因为那惬意的心情。

真正的中产，也就是这样吧。

我还记得，有一阵子特别喜欢六点准时下班。推开门，拐进洗手间。办完"事"，一转身，是一面落地镜子，镜子上头居然写着"整容"二字，中间还夹着一个红五星。任何一个不爱照镜子的人，此刻都会观察下自己，更何况，洗手间里一般都空无一人。迅速扫描下自己，算不上多么名牌的一身，但也足够称得上"简约而不简单"。鳄鱼的白色POLO衫，Ck的米色水洗裤，Clarks驼色小牛皮鞋，浪琴的白盘手表，没了，就这几样。

黑色提包换个手，踱步走在创意园狭长的小路上。创意园房屋很旧，但后期加装的红砖青瓦、竹林深深，禅意十足。小路上埋伏着小音箱，走出园区，就像穿过琴声萦绕的教堂。

一脚迈出去，夕阳扑面。

落日余晖眷顾到每一个人、每一棵树、每一栋高楼大厦，留下母爱般的温情。在深圳这座南方之城，夏日，只有西落的太阳，才是可爱的,其他时间都是凶神恶煞。一般来说,这个时候,我会站在路边,停留那么半分钟。不是抖出一根烟,而是感受下美好。一天的工作到此结束,忙碌与疲惫,被夕阳转化成惬意和轻松。

抬头远望一下,可以看到高耸入云的深圳老地标,地王大厦。老地标右后边,不远处,是新地标,京基100。这年头,谁高谁就是地标。我当然不认同这观点,我喜欢地王大厦,她建得有个性、有历史,寄托了多少早年闯深圳的人的梦想。她的名字"地王",够土够直接,够草根够屌丝,可这就是深圳骨子深处的本性。

夕阳之光,在这个草根之城的一面面玻璃幕墙上,磨叽出一脸的温柔。光线淡了,热气散了。城市像一个回到家的少妇,踢掉高跟鞋,脱掉小外套,抱起小宝宝,脸贴着脸,恬静如泥。

高楼大厦的户外广告也开始迫不及待地跳起霓虹灯。越来越多的白领,从四面八方的水泥盒子里随着冷气涌出来,拐进地铁,或者和我一样,走上公交站台。

我漫不经心地排在站台靠后的位置,当起"龙的传人"。车来了一辆又一辆,人上了一拨又一拨,都是挤得满满当当的,车门像个芭蕉扇一样,关了又合,合了又关,好久才终于闭上。我站在人潮后面,人多,我就不上,主动退出来。我绝对不挤着上公交车。

我又退到公交站台上,甚至退到一边宽敞的地方,让开地方。我特别享受这种漫不经心。挤吧挤吧,这世间,唯老婆与工作难找,唯时间与公交难挤,挤吧挤吧。最后往往情况是,终于我也等不了了,看到远远一台红色出租车亮着顶灯靠着边,我一侧身一抬手,拉开车门,在人们的注视下,坐进去,再轻拉车门,看着站台上黑压压的一片，走了。

从创意园回家，最近的路线是深南大道，开不远，然后转东门路，然后过雅园立交……但我喜欢让司机走深南大道，走到将近最东头再转文锦路。有的司机会说："你这样走，会走远了一点哦。"我说："没关系。"

之所以这样，是因为我喜欢深南大道。深南大道，她不仅仅是一条路名、一条中轴线，也是深圳这座城市的标志，和地王大厦一样，和北京的长安街一样。这座城市所有的繁华和奇迹都在深南大道两边，比如证券交易所、小平画像、世界之窗、欢乐谷、书城、华侨城创意园等等，还有我工作过的传媒大厦。夜幕倒挂下来，全城半暗半明，竹笋般的高楼大厦、壁画似的电子广告，道路中央车流汹涌，道路两边人潮如蚁，坐在车里，观察着这一幕幕，让人有一种压抑不住的兴奋和紧张，感觉自己就是这个城市的主人。

这也是我不喜欢开车的一个原因。算起来，从去年开始，我就不怎么开车了。另外一个原因是，停车难，停车贵。去年开始，家里小区的停车位开始紧张，晚上超过十点，保安就告诉你没位了。怎么办？只能停路边。停路边，有时候交警会半夜抄牌。每次收到红色小单，一看执法时间，我绝对真心、发自肺腑地赞一句："真敬业！"同理，写字楼的车位也越来越紧张，而且费用执行一类商业区标准，第一个小时十五，每多一个小时收十块，以此类推，停八个小时，你算算吧。如果自己开车，到了闸口，停车卡滴一声，保安小妹或者她哥一句冷冰冰的礼貌用语"先生，五十、谢谢"，然后用一种克制的复杂表情，恭候着你。停个车，五十大元啊，接过一叠发票,啥心情都没了。

不如打车。

牛皮一次次地吹,广告一单单地签,节目一期期地播,账目一笔笔地入。如果就这么风平浪静,真是对不起操着一口河北口音四处布道的延参法师的名言:"绳命,是剁么地回晃。人生,是入刺地井猜。"(生命,是多么地辉煌。人生,是如此地精彩。)

三个月,《天下珠宝》进入常态化后,我脑瓜子里在琢磨着如何开辟第二战场的问题。

当然不是炒股票。

宁愿让钱烂在银行里,也不愿让钱折腾在股市里。

我根本不适合股市。

玩不起那个心跳。

机会来了。

一次跟搞珠宝包装的洪老板聊天。我们经常聊天,因为他喜欢聊传统文化,而且公司就在我们节目组的楼下。我每次穿过他们公司,进入洪老板的办公室,就宛如穿越。他们公司很大,人很多。这不奇怪,奇怪的是,所有的员工,男的,唐装,女的,汉服,墙纸是敦煌飞天壁画,座椅是仿古家具,地毯印着水墨写意。我瞟了一眼,设计师电脑界面都是陆游的句子:"红酥手,黄藤酒,满城春色宫墙柳。"前台迎接你,不说"请",说"有请",不说"请喝茶",说"请饮茶",玄幻得仿若一脚踏进古时候。

见我坐定,饮茶一盏之后,洪老板拿出一本杂志,护在胸前说："一生一世，高山流水，觅知音，你和它的缘分到了。"

"啪"，杂志丢在茶案上。

《史鉴》。

我翻到版权页，一看便知。

原来洪总还有这个理想。

这本杂志是正式出版物，刊号是西北一个小城市文联的。洪总给买了过来，做成《史鉴》，月刊。内容很平淡，主要是原创少，几乎没有，尽是些文摘，然后就是洪老板公司的彩页广告。这杂志我还是第一次见，估计就是个自产自销、自娱自乐。

"很漂亮。"我说。

"你来把它搞得更漂亮。如何？"洪老板相亲一样，盯着我，"这杂志每年刊号费是八十万，内容只要是历史就可以，没有人干涉。每期往西北寄三本，他们存档。"

报纸。

微博。

电视。

现在又杂志。

跳来跳去还是跳不出传媒这只如来佛掌。

我当然有兴趣。

脑子往报摊上过了一遍，现在杂志卖得最火的有哪些？

一、时尚，穿衣打扮，名人访谈。

二、新闻类，各种周刊。

三、财经。

四、各种画报。

历史类的杂志有，但不多。

"可以做。"我若有所思，提出自己的看法，"《史鉴》这个名字要改，历史是人写出来的历史，本来就是主观的，为胜利者服务的，历史除了教科书里讲的外，还有很多种面目……"

"史鉴史鉴，我当时取的是'以史为鉴'。"洪老板插嘴说。

"这个名字太主旋律、太硬，像中央政策研究室的内刊，不够中性、平民。"我说，"关键就在这里，'以史为鉴'，这个'史'是谁的史，是教科书上的史，还是不为人知的史？是教科书上的史，那大家看你杂志有何用？你这本杂志的读者群一定是三十岁以上，学历至少本科，而且是中产阶层，而且男性居多，绝对的高端人群。"

"对对对，你说得对，这个杂志的读者就是高端人群。"洪总呼应，"你说怎么改？"

"把两字调过来，《鉴史》，历史由大家来鉴定嘛，就像'鉴宝'节目一样，真伪大家来鉴定，这样更有亲和力。"我出了这么一个点子。

"好，《鉴史》好。"洪总起身加水，倒茶。

"这个'史'，一定是各种面目的史。要约稿，要原创，要首发。尤其要约名家稿，要知道，什么人说比说什么重要。但具体操作上，我还是同意你说的'以史为鉴'，就是要和现实、当下发生关系，要有所启发。"我进一步完善，"发行上，一方面，给知名教授、学者、企业家赠送，一方面，定价要高，要超过时尚杂志的二十块。"

"对对对，要的就是高端！"洪总第二次提炼出关键词"高端"，"每个西餐厅、咖啡馆、高尔夫球场再摆一本。"

"这个别。"我摆手，"往西餐厅、咖啡馆、高尔夫球场摆的杂志都是各种免费杂志，一个低调、有品位的男人，跟一个穿得五颜六色的街头混混在一起，丢了身份。读这本杂志的人，最理想的环境是，夜深人静，青灯黄卷伴月眠。"

"也是，也是。"洪总点头。

《鉴史》的合作就这么开始了。

洪总除了支付刊号费，其他撒手不管，杂志的约稿、编辑、设计、制作、发行、广告全由我来搞定。

我之所以愿意接手，当然是看中了杂志的广告。

看中七……烟……钱，第二声！

这个杂志让《天下珠宝》多了一个平台、一个促销手段。凡是在《天下珠宝》做广告的，量或者总金额到达一定标准后，我送他一个P的杂志广告。

《鉴史》杂志读者定位都很高端，这不跟珠宝又对上了吗？

有年份、老品牌、传统文化的珠宝企业，尤其适合到《鉴史》上亮相。

一方面，算盘打得很如意；一方面，压力来了。

没办过杂志，但我听过一句话：如果你恨一个人，请让TA去办杂志。

果然如此。

每期的封面选题是头等大事。

做杂志永无停歇之日,一期出刊了,下一期的选题又逼上来。

更何况我们还要紧扣当下。

绝不是历史知识的普及,更不是野史戏说的哗众取宠。

还有,名家约稿,何其难。

一个一个地求,先从深圳几个高校求起。然后让他们互相推荐外校的学者。还不能全是高校的学者。高校的学者别看学位都是博士博士后,可能写文章,会写文章的,嘿嘿,不多。还得挖掘社会上的牛人,包括作家、编剧、畅销书作者。没时间写没关系,嫌弃稿费低也没关系,不写就推荐作者,推荐了,终身赠送杂志。细胞裂变一样,扩大作者队伍。

名家稿子有一个共性,那就是你要有耐心,要等。

他都答应了,但是不到最后一刻,你不能放松警惕。

短信、微博、邮件,要克制着,不动声色地催稿。

他不交稿,你还不能说他不讲信用。

他一句"没灵感","写得不好拿不出手"足以让你理解万岁,还觉得他德艺双馨,永远活在人民心中。

还有校对。天哪,杂志都印出来了,错了一个字,是普通字就算了,错在关键字,把邓小平爷爷错成了"邓水平"。这个错误,杂志要出了街,杀头,都有可能。怎么办,那一面页码,几万张,全部销毁。

……

好在第四期就打开了局面。

第四期正是九月。

封面主题,当仁不让是"九一八"。

历史回望、打捞、印证、反思。

还有近年来,国内民众保卫钓鱼岛的爱国游行。

都做得中规中矩。

但有一篇小文章,被坊间传遍。

这篇小文章引起争议,又似乎在我的意料之中。

临开机印刷前一分钟,我还在想,该不该放这篇文章。

我还是想冒险一下,因为杂志不温不火地做着,不是我的性格。

这篇小文章是什么呢?并非出自哪个名家,而是腾讯网的一篇旧报道。

一篇讲日本社会并不待见"右翼"主张的文章。并由此延伸,聊了聊两国针对"爱国"的不同教育。

为什么火?因为赞的、骂的,都有,而且理由,一万个充分。

赞的说,值得反思,反思国人心态,反思国人教育。

骂的说,汉奸媒体,纪念日前说日本鬼子的好,滚出去。

任微博上数万个@鉴史,我们无动于衷。

笑骂由人。

我们的目的达到了。

人们知道有本杂志叫《鉴史》。

连大宝都花了二十二块钱买了杂志,晚上散步时悄悄问我:

"你这样办杂志，会不会有什么风险？"

我问这位中国最基层政府单位的宣传科长："柴科长，你说的风险是什么？"

"政治风险。"大宝说。

我答道："我会把握这个度，尽管这个度，从来都是你们宣传部门说了算。"

大宝的提醒，我当然牢记着。

可有时候又没办法，杂志要脱颖而出，必须要有个性，而个性又和危险性成正比。

真正的如履薄冰。

为了提高关注度，我出了个主意，让读者点题，让读者决定下一期封面报道的主题。

微博上反响很热闹，投票最高的题都是地雷阵。

历史上的中产阶层，我们做了。

历史上的造神运动，我们做了。

历史上的宪政改革，我们做了。

历史上的学术自由，我们做了。

汽车、名表、高尔夫、游艇会广告都进来了。

全是男人品牌。

第八期后，终于有了盈利。到了第九期，一算账，两期盈利就补上前八期的亏空。

关键是名声出去了。

名声有了，就有了一切。

一些高傲的学者，开始转发@鉴史的微博，因为当期有他们的文章，因为他们想引起我们的注意，向他们约稿。

洪总设宴款待，酒过三巡，洪总问我："下期的主题是什么？"

我说："历史上的官员财产。"

洪总听都没细听："好，让历史介入现实，让历史照亮梦想。"

洪总这句话，成了《鉴史》的墓志铭。

现实确实介入了，但始终没有照亮梦想。

《鉴史》在这一期玩完了。

"历史上的住房制度"，整个专题基调一点问题都没有，列举中国历史上各个朝代的住房政策。比如：秦汉至魏晋南北朝时期，一般朝廷官员根本不敢奢望有自己的房子。秦朝官员的工资，实行"秩石制"，直接发粮食当工资。官员职位再高，也仅仅意味着他能领到更多的粮食，并没有其他特权。唐朝时，皇帝会给官员分土地。然而，皇上给的地，和官员任职的地方常常不一致。而且按照唐朝末年之前的规矩，一旦官员退休，在职时的俸禄一律停发，这地也得还给皇帝。宋朝，政府的住房政策，兼顾到了社会最底层的人。元朝，严禁蒙古官员买房。

错就错在我总觉得这个专题少了那么一点点力度。

这个力度就是对现实的介入不够。

我们在专题最后加了一条小尾巴,是个评论:《"房叔""房嫂",今天为什么这么多?》。

做梦都没想到,这么一个四平八稳的呼吁成了惹事之毛。

有人在微博上说,写这篇评论的作者弩张先生被有关部门调查审问了。

微博之说,很快得到了证实。

原来,评论文章点到的一个"房叔",是《鉴史》刊号所在地西北小城的一个处级干部。这哥们,被查出一个人名下20套房产,被媒体称为"西北房叔"。

而恰好,作者弩张就生活工作在这个西北小城里。

弩张先生的老婆电话打到我手机,万分惊恐地说出一句话:"你们要负责。"

网络上迅速传播。

我们确实要负责。

飞机、汽车,我第二天中午就抵达了黄沙飞舞的西北小城。

等我在一个二层小楼里见到弩张先生时,他正一手一个热腾腾的包子往嘴里送,看来是饿坏了。

我打了个招呼:"我是《鉴史》的执行主编。"

弩张先生"哦"了一声,还没来得及细说,我被两人用力一掌,推上了二楼的一个办公室。

我这才发现,这个二层小楼是文联办公地。《鉴史》刊号就是这家文联的。

跟我对话的是文联主席。

旁边站着的是当地的公安人员。

文联主席那个激动啊,口头禅是"你知道不知道":"你知道不知道,你办的杂志,闯下了天大的祸,我的脑袋正挂在你们的笔杆子上,你知道不知道。"

"上头追查下来了,查在我们的头上,两个选择,要么逮捕你的作者,这个愤青惹的事多着呢,要么收回我的杂志,终止合作合同。"半天的"你知道不知道"之后,文联主席把诉求讲清楚了。

我说:"杂志不是我一个人的事,我只是一个干事的主编,我回去跟主编洪先生汇报,再给你答复。但我的作者,你不能扣,关他什么事。"

"汇报个屁,今天必须做出决定。你知道不知道。"文联主席挥着手,都快碰到我鼻尖了,一张合同书按在我的膝盖上,甲方那一栏早早填好了文联主席的大名"黄土",公章盖得端端正正。

我这才反应过来,这就是一个局,文联动用当地警方,拿作者当诱饵,把我引过来,要收回杂志。

我必须要跟洪总汇报此事。文联主席不耐烦地指着一个房间:"去去去,你进去说,别让我看见你那熊样。出来给我答复。"

暴躁得像只断了尾的四脚蛇。

我打到洪总手机。

洪总这才告诉我:"我确实收到过文联方面寄过来的公函,说他们接到上头的警告了,让我们不要再发敏感文章,否则要追究责任。可我一想,刊号合同还没到期,而且杂志这么火,就没告诉你。"

"你应该第一时间告诉我的,洪总,你对媒体太不了解了。你不但把文联害了,还把我们自己搞得很被动。"我在小屋里跺着脚,"办报纸有句话,叫'政治家办报',为什么要用政治家的头脑办报,讲的就是这个政治风险。别说作者,你我都随时有事。"

"我想到的是在商言商,没想到政治层面。"听到我说"你我随时都有事",洪总也有点紧张,"怎么办?"

问到怎么办,我突然又硬了起来:"杂志不能被他们收回,合同都没到期。"

我对《鉴史》有感情!

这本杂志不仅开始让我赚钱,而且还多少寄托着我的一点点情怀。

一个专题、一篇文章、一句标题、一张旧图,借古讽今,反照当下,"以铜为镜,可以正衣冠;以史为镜,可以知兴替"。

什么叫中产阶层?中产阶层不光是受过高等教育,不光是一年收入多少多少,它必须得有点理想,必须得有点正义感,必须得为社会进步做点什么。哪怕是一丁点、一丁丁点!甚至,这一丁点、一丁丁点只有自己才能感受得到。但必须得有这一丁点、一丁丁点。

所以,《鉴史》不能说没就没了。

除非国家新闻出版广电总局下文。

岂能让你一破文联主席说了算?

《鉴史》读者说了算!

"那又怎么办?"洪总完全等我做决策。

一时我也想不出办法。文联主席的意思很明确，要么扣人，要么收刊。在他们的地盘上，不可能来硬的，天高皇帝远，让你活不见人、死不见尸，不是没有可能。

就当我们在电话里沉默着的时候，一个女人进来了，一开口，我就听出她是弩张的妻子。微胖，穿着合体，但脸色白得像张纸。

弩张妻子显然还没从惊吓里走出来。她坐在我身边，絮絮叨叨起来："我和弩张都是中学老师，在一个学校，教同一门课，语文。我也是受过高等教育的人，我当然知道他的文章肯定没错，但我们惹不起啊。我们在这个小城里，有房贷，有车贷，还有三岁的孩子，两边老人四个，我有一个妹妹，他有一个弟弟，都眼巴巴地指望着我们。这次要真的把他扣起来，不管最后有事没事，耽误上班啊，少一个月的工资，我们家就没法运转。"

这个女人的絮叨，像一坨藏着飞针的棉花，软绵绵地，飘过来，扎得我心疼。

她让我想起很多。

想起大宝，为了多点工资，去到新区，长途漫漫。

想起我们，为了买房，办起假离婚证。

想起我，为了孩子读书，把写好的批评报道撕碎，丢在风中。

无言。

长久的宁静。

我和她不约而同地看着窗外，一棵核桃树上，有只猫。猫徘徊在枝丫上，好像是想跳下去，但又不敢，来来回回地走着。

看到地上有一个烟盒。我捡起,摇摇,里面居然有一支烟、一个火机。我把烟顺直,点燃,吸了。太呛,我掐掉,起身,走出房间。

我在合同书上签下"姚奋斗"。

特意在小城住了一宿。夜里,提着水果,在弩张老师家做客,烈酒浇喉,放声歌唱。

《鉴史》灰飞烟灭。

《天下珠宝》青黄不接。

水贝珠宝创意园,一千五百家企业,两头小,中间大。两头,上头,品牌知名度较高的,下头,亏本做不下去的。中间,代工企业、品牌没起来的企业。有品牌的企业,都被我们扫了一遍。但也就能扫一遍。

珠宝行业比较特殊,他们确实投放的广告量很大,但绝大部分投在全国媒体上,因为产品撒向的是全国各地。《天下珠宝》毕竟是地方频道地方媒体,这是致命的一点。第二点,珠宝公司轻广告、重渠道,他们更愿意花钱跟商场做活动,拉动门店销售。在《天下珠宝》宣传了一次,销售不见快速上涨,他们没有耐心再来第二次。

这都是我后来了解到的。

有人想接手。一家正在运作上市的珠宝公司,他们要收购《天下珠宝》。他们需要这么一个宣传阵地,讲好故事好融资。

有点舍不得,想再深度拓展下市场,但感觉力气用尽。

算了。

江湖险恶，不行就撤。

有时候，像傻逼一样去坚持，会看到牛逼的结果，但也可能是更傻逼的下场。要看情况。

不能像小时候刮彩票那样，刮出个"谢"字还不扔，非要把"谢谢您"三个字刮干净才舍得扔掉，这样的坚持，只会徒增失落。

看到个"言字旁"就放手吧。

就这样，好聚好散。散伙那天，《天下珠宝》节目组、《鉴史》编辑部十几条人，酒肉欢歌，斯文扫地，原形毕露，拉着小手，扶着酥肩，互赠礼物，依次合影，不舍之情，宛如恋人。劝君更尽一杯酒，西出阳关无故人。

哎呀妈呀，情深深雨蒙蒙啊。要酒再过一点，我担心有几对就要开房去了。

和"微力传播"散伙一样，我给两名主创赠送"临别遗言"。

对《天下珠宝》的销售总监"翻版李玉刚"说："给你讲个小故事：石阶问佛，你我皆石头，凭什么我被人踩，你被人景仰？佛说，你变成石阶前，只挨了六刀，我，饱受千刀万剐。"

对《鉴史》专题编辑"翻版柴静"说："幸福掌握在自己的手中，而不是在别人的嘴里！坚持自己的选择，让别人说去吧。"

我还把手里的一套莫言短篇小说集送给她。"翻版柴静"给我客套起来："无功不受禄。"

"那就笑一个。"我说。

我们内部的散伙饭结束后,第二天,洪老板请吃饭。手机发来一个地点,光听名字都很神秘:登高第。后面连着五个字:私人俱乐部。后面有个括号,括号里写着:烟嘴山。

不好意思问这个俱乐部具体位置,只好百度一下,居然没有一条结果。那就先往山里去吧。到了烟嘴山登山口,前后远近都没有"登高第"的招牌。问地面的清洁工人,工人摇头:"是登山道吧?"

我摇头。摇完就看到一辆电瓶车冲我开来,下来一个帅小伙子,西装白衬衫,剪着小平头:"姚总吧?我是小龚,来接你的。"

我上了电瓶车。电瓶车没有上山,反而是远离山脚,然后左右几拐,拐到山背面了,再从一条小道上冲冲冲,直到豁然开朗,看到一片百来平方的停车场。一进停车场,还是没有招牌的"登高第"非一般的气场就显出来了。停车场里一溜的顶级豪车,清一色的兰博基尼,蓝色、红色,静静地卧着。都上了粤B车牌,不是一辆、两辆,是九辆、十辆啊!

几片高低错落的灰墙小房,沿山而建。暮色降临,乱云飞渡。一种特有的低调的奢华,暗中绽放。

洪老板,麻衣,布鞋,在最中间的灰房子门口等候,招手。

跨进小房子,装修一反灰色墙壁的严肃,蛊惑而妖媚。天花板是个隆起的顶,像法国那些古老建筑一样,顶上画满了各种鲜艳的西洋画,尽是一个个裸女和婴儿,喂奶,沐浴,蜷缩。

洪老板旁边端坐着一个女孩。女孩的肤色，容易让人想起中秋月色，圣洁而感性。女孩的脸、额头、胳膊和手背就是这种感觉，圣洁而感性。女孩穿的是立领旗袍，长至脚跟，我能看到的只有她的脸、额头、胳膊和手背。那旗袍像是手绘在女孩身上，一点褶皱都没有。女孩只坐了半边屁股，身材曲线流水一样，顺着脖子，经过山峰，进入平地，再分叉奔流而去。

旗袍上，暗花怒放。

这是我第一次看到洪老板身边有女人。

见到洪老板，我是心有怒气的，如果他如实告诉我，西北小城文联主席黄土曾经早早致函他，不要刊登敏感内容，那么《鉴史》不会死得这么突然。不让登敏感话题就不登了，任何事都是可以曲线救国的，办法多的是，现在好了，刊号收回，永失翻身机会。

洪老板也有点致歉的意思，屁股挪到我这边的沙发上，倒上茶水，搂着我的肩膀，谄媚着，呜呜啊啊说了半天，大意就是来日方长，合作机会大把。

说白了，《鉴史》赚的这点钱，对他来说，是玩票，小儿科，屁都不是，无所谓心痛不心痛。

尤其是确定这个"登高第"私人会所是他的个人资产之后，我更加确信了这一点。如果说我是中产者，他就是资产阶级。小小杂志赚的钱，还不够他支付这座神秘会所的水电、人工费。

没得比。

那就不比了。

安心享受他安排的这场盛宴。

餐桌上真是简约而不简单，都是极品山珍海味。开的红酒，光看年份，就知道它的价格该到了几位数。

还给我安排了美女，不是一个，是两个，把我夹持在中间。温软细语，香气撩人。还让不让人吃饭！

饕餮盛宴，可能就是这个意思吧。

离开"登高第"的时候，又受了一顿气。

还是那个帅气小弟，小龚开电瓶车送我下山。

我没话找话："羡慕洪老板的生活吧？"

小龚说："有什么好羡慕的，我看他活得比狗还累。"

吓了我一跳，真是口出狂言啊。

"他一天到晚都在找机会认识这个大官那个大官，一个电话，裤子没穿稳就跑出去了，刚走到一半，一个电话，人家没空，又灰溜溜回来，不是像条狗像什么。"小龚潇洒地单手掌着方向盘，空出的一手掏出一根烟，递给我，点上，再掏出一根，叼嘴里，点上，"我是农村出来的，屌丝一个。但说实话，真的不羡慕你们，别看你们，在大城市里，有房，有车，喝的是几千块一瓶的洋酒，十有八九，你们喝的酒都是假的。你们走起路来裤子一抖一抖的，威风得很，但你们真实的内心，我还是能感受到的。"

"几千元块的酒都是假的。"我对这个小伙子的言行举止太刮目相看了。

"至少，我看你们喝酒都是心怀鬼胎。你要到我们家喝酒，那喝酒就是喝酒，开心地喝酒。"小龚说，"你们是活得表面潇洒，我们是活得真潇洒。"

小龚开始跟我讲他的故事：

十八岁，我从村里出来打工。

进了一个电子厂，在宝安。这个电子厂做的产品到底是什么，我真的不晓得，大家下班了也不说这个。我每天的工作是把一个个小彩灯按进一个巴掌大的塑料盒子里。塑料盒子里有无数个小窟窿，花生米大小。我安插小彩灯的时候，想起了拱起屁股插秧的时候，于是动作麻利而准确。怀着这种美好心情，在密密麻麻的新手中，我成了老手，每天算下来就我工资最高。

可那些窟窿怎么也插不完。连睡觉的时候，右手的拇指和食指都是捏在一起的。

我担心以后两个手指永远这样。

装病一个礼拜后，我结清工资，辞工了。我决定再也不进电子厂。可那片全都是电子厂。

我的第二份工作，是一家公司。在市中心，四十八层，光坐电梯就要坐一分多钟，豪华，真正的高楼大厦。空调像不要钱似的，冷得人起鸡皮疙瘩。大热天，每个人都穿着西装，一个个像病了的黑熊，说话走路，张口抬眉，彬彬有礼，一个模子。

这回，我知道了公司的产品是什么，他娘的，还是电子产品。

只不过，这个电子产品已经成型，有着精美的包装，还有大部分不认识的英文单词。因为看不到窟窿，同事加起老板也就不到二十个，所以我留在了这家电子元件贸易公司。

我的职位是跟单员。考核制度规定我，每天电话回访六十个客户。

所以，我每天上班第一件事是打电话，最后一件事还是打电话，"喂"字轻轻的，拖着音，然后"嗯"升高音量，最后"您好"。

那些被称为客户的人，永远没有好脾气，不是说你发货慢了，就是说款子到慢了。他们在电话里劈头盖脸地骂人，我要不停地说，好，好，好，对不起，对不起，对不起，谢谢，谢谢，谢谢。

两个月后，我就受不了了。那天下午，我打了最后一个电话。对方是个女的，在我没有报出我的身份前，声音很好听，说出的话，像是嘴里含着一块花生软糖。我甚至感觉她是在发烧中接的电话。

我说，喂，嗯，您好。

她打断说，您好哦，帅哥，您是哪位？

我报了公司的名字。

她说，货物现在都没收到，你们这哪是深圳速度，比老牛犁田还慢，你们不如回家种田吧。滚蛋！农民！

我再次拨通了这个女人的电话。

我说，喂，您好，再见。

这一个"您好再见"的结果是,我被炒了鱿鱼。

过得太窝火了,我休息了两个月,办了证,去了香港澳门,堵在红磡体育馆一个晚上,可惜没有要到谢霆锋的签名。

我太喜欢谢霆锋了,尤其是他跟张柏芝离婚之后,太有性格了,我干脆在铜锣湾打了几天黑工,就是希望有天在时代广场看到他。结果,卵都没见到一个,身上的钱花得只剩两百块。

我这些年,尝试了很多工作,开心就做,不开心就不做。

"你说话这么心直口快、口无遮拦,估计经常被炒鱿鱼,哈哈。"我说。本来还想加一句"有时说话还是要注意点",但想了想,算了,没必要。

"就炒啰,有什么了不起的。大不了回家种田,饿不死,有资本包它几十亩几百亩,照样赚大钱。"小龚把车停稳,歪过头看我。

"你们有退路,我们无路可退。"下了电瓶车,我回头向小龚又要了一根烟,点上。

层林尽墨,一如我的惆怅。

14　票选女友，皇上不急太监急了

不管怎么样吧。我又自由了。

以前是一天到晚想死的鱼，这次我是真的想好好休息。

可越是这样，找我的人越多。

老杨也从报纸出来了，忽悠我和他一起做一本新闻周刊。

"赚钱不？"我问。

老杨说："不敢担保。"

"不敢担保我不干。别跟我谈理想，戒了。哈哈哈。"

以前民生新闻组里的一个小同事，小陈，创意无限，也从报纸里出来了。力邀我和他一起推广一个移动互联网，让我当老大。

"赚钱不？"我问。

小陈说："一时半会儿赚不了钱，做的是高端人群，但不用担心，因为有人投资。"

"赚不了钱我不干。任何不专注屌丝用户的移动互联网都是耍流氓。哈哈哈。"

搞珠宝的大壮,不知什么原因辞掉了CEO,也单干了,投资影视,给我发来一个白鹿市电视台的娱乐节目外包方案。

"赚钱不?"

大壮说:"娱乐、煽情、励志、草根,想不赚钱都难!"

"与有缘人,做无害事,赚钱我就干!哈哈哈。"

我给自己一个月的休息时间。

带小宝去了一次香港迪士尼。

带大宝爸妈去了一趟新马泰。

回老家一趟,坐在教室后面,看着我那站在三尺讲台上的老父亲,神采飞扬地讲着发黄的历史。我和老妈继续策划着奋进找女朋友的事,当然最重要的事是,这小子到底是不是同性恋?为什么这么多好姑娘都不喜欢?

强令大宝休假一周,夫妻双双去三亚。我带着大宝潜水。大宝怕得要命,唧唧哇哇。我一把把她推了下去。她潜得比谁都嗨。

但有天夜里,大宝把我吓了一大跳。她突然箍紧我的脖子,呼呼哗哗地胡言乱语,一听原来是在说梦话:"什么都在涨,汽油、鸡蛋、猪肉、学费、地铁、利息……除了工资,全在涨,翻倍地涨。人的个头也涨了,衣服全穿不下了,一上街,服装涨了。"

我掰开她的手,对曰:"好好睡吧,新闻说了,墓地又涨价了,三十万一平,死不起。好好活吧。"

大宝好像听懂了,翻了个身,老实了。

放松一完，嘿，老爸老妈驾到了。

这回，各种事来了。

新生活，开始了。

这不，弟弟奋进博士毕业，顺利进入北京的研究所工作，二位老人脑子中的弦，一下子松弛了。

最后一个负担算是放下啦。

这一点，从老爸电话里聊天的口气都可以探出个一二三来。以前，谈起学生，他喜欢说哪个哪个孩子真有天赋，文笔真好，现在，谈起学生，他喜欢说哪个哪个孩子真难管，素质真差。显然，他想撂挑子，想退了。

老妈也开始埋怨白开水一样的退休生活。"七点做早饭，看着你爸吃早饭，目送他出门，然后等着他十二点回家，吃午饭，看着他吃午饭，然后午休……"老妈的话听起来，不像坐牢，像深宫里的丫鬟。

老爸果真结束了学校的返聘工作，挥一挥手，硬是没有带走一丝云彩和留恋。干了一辈子革命工作，终于歇歇了。

两个老人待在家里，我想这下家里安定了。互相监督，互相拌嘴，两个齿轮终于卡在了一起。

哪个晓得，互相为伴，他们也坐不住。空闲时间太多了，早上太极，晚上秧歌，你总不能中午迪斯科吧。小区里，看到老人们推着小孩，散步、说笑、攀比，他们跟在后面觉得特别地落寞。以前，我妈最瞧不起那些带孩子的家庭妇女，现在一肚子的醋意，恨不得蓬头垢面，混到大众妇女的队伍中。

223

他们开始在电话里勒令我把小宝找过来:"让我跟孙子说几句闲话。"

他们想逗孙子了。

但他们不好贸然跟我们提出来深圳。原因,明摆着的,我们现在蜗居在三十二平方的学位房里,小宝一直是外公外婆带着,一切都好好的,生态平衡,社会和谐。

他们没有理由插手啊。

上天似乎很"眷顾"我的老爸老妈。

奋进这厮放弃相亲牵手机会,回到北京,没出一周就带来一个消息:研究所跟深圳市政府有个合作项目,工作组名单里有姚奋进的名字。期限是一年。他调到深圳来了。

这个消息,对奋进来说,要股票评级的话,也就是"谨慎持有",绝对算不上"强力买进"。他肯定是留恋帝都的,甭管那里空气有多糟糕,交通有多堵塞。

但对于老爸老妈来说,这个消息,绝对的"强力买进"信号。他们有了来深圳的借口。理由很简单,照顾奋进呀。

谁让奋进是个单身。

老爸老妈第一次自费买了机票,先长途大巴转到省城,然后飞抵深圳,住进了项目组给奋进安排的公寓楼。老爸老妈在一房一厅的公寓里,忙上忙下,为奋进挂窗帘、铺床单。老妈把吉他塞到床底下,被奋进制止。奋进抱起吉他,高唱崔健的摇滚名曲:"我曾经问个不休,你何时跟我走?"

老妈一边唠叨："行了行了，就你这样子，也只有我立马跟你走。"

三个人硬是瞒了一周后，才揭开盖子，向我和大宝公布了他们已经在深圳生活了七天的消息。

"为什么今天才告诉我？"当时我正在"天天开心"酒楼。大壮说，要带他的团队过来，和我谈一档选秀节目的事。结果等了半天，大壮那里临时有事，搞得我一个人直面一桌子美味："那你们过来吃饭，我点了一桌子菜，朋友突然来不了了。"

"不行。"老妈说，"今天还真没空，一会儿我们还得买个多用沙发，可以当床睡的那种。"

"买那玩意干吗？"我问。

"我们在奋进的宿舍里住下，监督他早点谈恋爱、成家。"我妈在电话里义正词严，"记住，你这个当哥的，也有责任。"

"爱情监督得了吗？帮得了吗？要不我这两天就泡个妞，然后转让给奋进，无偿转让，无偿转让。"我必须得来软的，要硬顶着我那天生爱讲道理的老妈，那要成一场国际大专辩论会了。

"小心让美好知道，牙齿漏风，说话没个遮拦。"老妈语气松了下来，"好了，不跟你扯，我们要去买沙发了。"

"别买了，你们来了深圳，就住我这儿，奋进那屁股大的地方，呼口气都没法及时排出去，我都担心你们二氧化碳中毒。"我说了一句，"来吃饭。打的过来，上车，把手机给司机，我给他讲地址。"

显然，我这诡计多端的妈，在故作矜持，最后吐出两个字：

"行吧。"

老妈老爸和我，围着一张超大圆桌享用起来。

老妈显然是忙了一上午，寒暄都没有，直接要了米饭，风卷残云。

还是我老爸绅士。他开口就问了一个核心问题："你让我住你那儿，你的大房子不是租出去了，你们自己不也住在屁股都转不开的小学位房里吗？"

我说："大房子空了两月了，一直没找到合适的租客，小年轻的，租不了一年半载又换，还容易把房子弄得乱七八糟，我们就想找个一家几口住家的那种，稳定，租期长。但这样的租客，不好找。"

"那倒是。不要为了小利益搞坏房子。"父亲点头支持我。

"长期的租客，我们，这不来了吗？"老妈接嘴。

老妈这句话，差点让我喷出来。

"儿子，你别笑，我说严肃的。你今晚跟美好商量这个问题，是否欢迎我们和你们住一起，因为这涉及家庭和谐问题，还牵扯到你们每个月少了一笔租金收入的问题。"老妈恢复一本正经的时候，像监考老师宣布考场纪律。

"你们回到大房子，我们到你们的小学位房，我们付租金。"老爸说话的模样，完全脱离了一家人的血缘关系。

"商业谈判呢？"我扒着饭，抬头看着老爸说，"明白你们的良苦用心了，你要相信美好，相信她。"

"倒也是，美好的为人、性格，不会太差。"老爸说。

"但是，你还是要和她表达一个意思，我们愿意租你们的小学位房，我们退休了，就是想能和儿子们经常见面，没有别的意思。你弟弟唱那个什么歌，'如果有一天，我老无所依'，难道你们真的把我埋在春天里？"老妈说着说着居然有点动情起来。

"放心吧。明天咱们就共住一个屋檐下，同唱一首欢乐歌。"我喊来服务员，把桌子上的菜打包。七八个餐盒装在一个塑料袋里，推给了老妈。

老妈不拿："你和美好晚上回来得晚，你们自己留着。"

我说："我下午要跟朋友谈事，怎么拿？"

老爸接过塑料袋子，拍了一下我的肩膀，有点是搂非搂的样子，看着我说："新工作如何了？"

这是老爸表达父子情深的特有方式。我点点头："很多人找我，我在选择。"

"要慎重，不过凭你的才华，相信你。"老爸用力掐了一下我的肩，"谈完事，如果没饭局，你早点来下奋进那儿，我给你做两盘糖醋鲤鱼，带回去给美好、小宝他们。"

"好，没饭局，完事我就过去。"我给两位老人拦了一辆出租车，目送他们离去。老爸老妈转身的时候，我发现他们头顶的头发，居然一模一样地白了一小圈。

他们，老了。

大宝一进屋，就闻到了糖醋鲤鱼的香味。

她拿着眼睛问我:"爸爸来深圳了?"

大宝第一次去我家,老爸使出的绝招,就是这道他操练了几十年的招牌菜。大宝喜欢得不得了。那次,我第一次领悟到她对"通感"这个修辞手法掌握得如此娴熟。她是这么形容的:"鱼肉中冒出的特有的气味,像针灸扎穴位一样,一下子激活了人的食欲,宛如滔滔江水。"后来,央视纪录片《舌尖上的中国》风靡全国,我都说,撰稿人如果请大宝去,那才叫完美。

我把奋进从北京调来深圳,两个老人过来照顾他的事情,说了一遍。大宝显得非常通情达理。她的想法和我一样,重返大房子,把我爸我妈接过来,一家人住一起。看到大宝如此爽快,我就没好意思说两个老人愿意出钱租小房子的事了。

大宝用自己的手机拨通了老妈的电话。听大宝这边的咿咿呀呀嗯嗯喔喔,不用猜,我都可以想到我那老妈会说什么,怎么说。

大宝:"妈妈,我是美好。"

老妈:"啊,美好美好,怎么样,工作忙吗,回到家没有,吃饭没有?"

大宝:"还好。你们到深圳了啊?明天就过来和我们一起住。大房子空着,干脆就一起住进去。"

老妈:"还不是担心奋进,这么大的人了,一点都不让我们省心。大房子还是用来出租吧,奋进这个房子虽然是一房一厅,但也还挺大。不要紧的。"(点评:哎哟,瞧我这老妈!)

大宝:"就这么定了,你们明天就过来,什么都是现成的,明天让爸爸再做一条糖醋鲤鱼,好吃。明天正好周末了,我把我爸我妈也叫过来,一大家子,正好聚聚。"(点评:牛,大宝继承了她老妈、我岳母的优点,一锤定音、快刀斩乱麻的本事。)

老妈:"好的。"

电话结束。

大宝,我的好老婆喂。我抑住自己内心的喜悦,一个人躲在厨房里把盘子洗了一遍又一遍,瓷光可鉴。

周末的晚上。四个老人,我们一家三口,还有单身汉奋进,八口人围着坐着,好不热闹。

小宝在桌子下按着电视遥控器。

"慢着!"老妈一声吆喝,让小宝把电视按了回去。

电视里正在播着新一期的相亲节目。

12号姑娘终于和一个老外牵手成功。

"唉!12号,多好的姑娘。"我对奋进说,"奋进同志,脑袋笨不是你的错,但脑子进水就是你的不对了。"

奋进答道:"不求美貌智慧,只求感觉到位。"

我说:"那你要保持你的风格。"

奋进对之:"风格不用保持,要保持的就不是风格了。"

老爸一头雾水,问:"你们在说什么?"

老妈怒了:"你们两兄弟有完没完,辩论呢?"

奋进丢了碗筷,玩起了沙发上的平板电脑,突然大叫一声:"哇,又三千多封邮件!"

大家望着奋进。

奋进说:"妈呀,全是求爱信!"

奋进一封邮件一封邮件点开、阅读、看照片、回复的那段时间,我也在挑选我的"求爱信"。我在考虑新的工作,新的人生篇章。

十年报纸记者,半年微博营销小老板,一年珠宝节目总编辑、《鉴史》杂志总编辑。掰着手指可以数得清的人生履历,不简单,也不复杂。想起曝光明星家具厂的排污报道,想起写好了而没有发出去的深圳第一小学的批评报道,想起远赴西北小城解救青年作者的那个黄沙漫天的下午,这些年,有光荣,也有梦想,有耻辱,也有不堪。

看我正看着电脑发呆,穿着睡衣的大宝,走过来拍着我的肩膀说:"奋斗同志,接下来工作有什么打算?"

我拉开椅子,指着电脑:"几个人向我求爱,我在做艰难的选择。"

"说说看,姐姐帮你参考参考。"

"老杨,我以前老领导,和广电集团合办一本新闻周刊,拉我过去,东山再起。这个,我是直接PASS掉的。现在都自媒体时代了,传统新闻没搞头了,不是有没有能力的问题,而是潮流所致。跟炒股一样,咱们要顺势而为,不要逆势而为。"

"亏你还好意思说炒股。"

"小陈,以前我们民生新闻组里的一个小同事,长得五大三粗,可人却精灵古怪,创意无限,也从报纸里出来了。叫我和他一起推广一个移动互联网,让我当老大。我觉得意思不大,他们的口号我就觉得不对,什么为高端人群服务。中国哪有什么高端人群,全都是屌丝。这个年代,任何不专注屌丝用户的移动互联网都是耍流氓。你看MSN和QQ有什么区别,一开始,大家都觉得用MSN聊天就是洋气,用QQ就是土,就是打工仔,可现在一看,MSN倒了吧,人家QQ还在。只赚名声不赚钱的事,咱能干吗?老婆,你说。"

"小样。"

"大壮,搞珠宝的,没有他,就没有《珠宝天下》,恩人呐。他的这个生意,我倒有兴趣,别的不说,他这个大行业,我就觉得对路子。"

大宝已经回到床上,哈欠连天:"什么行业?"

"娱乐。这是一个娱乐至死的时代,一切行业都是娱乐业。"

"是啊,什么都是娱乐,相亲是娱乐,结婚是娱乐,生于娱乐,死于娱乐……"大宝说着说着,自己睡着了。

我把灯按熄,黑暗中,打开大壮的邮件,打字,回复:"明日中午十二点,老地方,'天天开心'见。"

"天天开心"酒楼,天天人总是那么多。也不知道这个"天天开心",到底是客人吃得天天开心,还是老板赚得天天开心。

大壮先到。我一坐下,首先看到桌子上一把闪亮的车钥匙:宝马。

"你以为这是酒吧,宝马钥匙一摆,妞就自动上来了?"我拿起宝马钥匙，抚摸着。

"我这回泡的是你。"

"靠，我的性取向可是正常啊。"

大壮夺回宝马钥匙，低头，手伸进包里，边翻东西边说："就是要刺激你一下，这单生意搞完，你可以开回一台宝马。"

大壮拿出一个大信封，抽出来，厚厚一叠。其中最上面的一张，是个红头文件。标题是：关于白鹿市电视台举办"最动听"选秀节目的申请和方案。

"白鹿电视台和我们的合作协议已经签好，他们负责播出，我们负责所有的经营、制作。现在就等上面批。你看看，咱们该怎么弄、弄好、弄出名？"

我没作声，嘴巴贴在杯子上，慢慢地喝着水。

"你发表下高见啊，兄弟！"大壮拿着纸在我眼前晃动。

我继续喝着，不做理会。

大壮拿出宝马车钥匙在我眼前晃动。

"有了。"我放下杯子，"首先解决一个观念问题，就是这个节目的格局要搞多大？这个节目，字面上是一个地级市的选秀节目，但我希望要办成全国，乃至全球华人的节目。好了，现在的播出平台，白鹿电视台，它不是卫星电视，目前能辐射的范围是珠三角，这是劣势。但这个劣势，网络可以帮我们解决。网络同步直播。这个网络不是白鹿电视台的网站，是优酷、土豆、腾讯视频等最牛叉的视频专业网站。视频网站，让白鹿电视台变成卫星电视。必须要扩大节目的知晓度，才有可能做到知名度。"

"还是宝马的魅力大,瞧你口若悬河的样子。才子,才子,继续,继续。"大壮一边说,一边用笔做记录。

"格局问题解决了,接下来就是形式问题。选秀节目多如牛毛,咱们这个'最动听',到底选什么?选最动听的歌声。歌声至上。什么人都可以来参加,男女老少,包括老外,都可以,什么歌曲都行,民族、流行、美声、戏曲、口哨、原生态,都可以,只要是可以用耳朵感受到的。念经都可以。两口子吵架吵得动听的,也可以——只要他们吵架像唱歌一样。"

"喂喂喂,你扯太远了啊,收回来,收回来。"大壮笔敲茶杯。

"挖掘每一个参赛者背后的故事。每个人都要讲故事。二〇一二年夏天,伦敦,除了奥林匹克赛场很火之外,还有两个地方很忙,一个是莎士比亚故居,一个是福尔摩斯故居。我问你,现实中,真有福尔摩斯这个人吗?"

大壮想了想,答:"当然有,大侦探。"

"错。没有福尔摩斯这个真人。"我说,"福尔摩斯,是英国作家柯南道尔笔下虚构的一个侦探而已!"

"哦……一个虚构的人物,居然有'故居',这可真神。"

"更神的是,这个虚构的故居,并不影响人们参观的热情。它在伦敦贝克街221B号。故事是假的,但人们宁愿相信它是真的,并且传播它。这就是故事的力量。我们这个节目也是一样,讲好每一个参赛者的故事,大家不一定记住他的歌声,但记住了他的故事,自然就会议论他,大家一议论,话题不就出来了,话题一出来,节目不就受关注了,节目一受关注……"

"节目一受关注,宝马就来了。"大壮抢白了我一句。

"俗。"我说,手一挥,"服务员,点菜。"

我正要点菜,手机响了。屏幕显示来电是老妈。我把菜单丢给大壮。大壮当仁不让地翻动菜单,指指点点着。

我溜到洗手间里接电话。

老妈问:"中午回来吃饭吗?"

"不是说了吗,中午我在外头跟朋友谈事。"

"哦,我忘了。哎哟,气死我了。"

"又怎么了?"

"我悄悄告诉你,我偷看了奋进的平板电脑,他的邮箱没关,居然是自动进入的,结果一看,哎哟,气死我了。"

"你说重点啊。怎么个状况?"

"三千多封求爱信,他倒很礼貌,一一回复了,可回复的内容让人着急哦,一律两个字:谢谢。"

"三千多次拒绝,这小子也太嚣张了吧?大浪淘沙,一块金子都没有?"

"你……你早点回来,晚上共商国家大事!"

"遵命。"

回家的路,总是那么艰难。有个大学同学生病住院了,中途去看了下,哪知道回来一路堵车,到家快八点了。

一家人倒在沙发上，苦巴巴地等着。大宝似乎睡着了，老爸在看报纸，老妈拿着遥控器不停地换着台。桌子上的菜，用碗啊、锅盖啊盖着。只有奋进和小宝在玩着电脑游戏。奋进大呼小叫着，永远都像一个孩子。

"爸爸回来啦！"小宝大叫。一家人惊醒过来。大宝揉揉眼："不容易啊，跨过千山万水，终于回来了，可是桌上的黄花菜也凉了。"

一家人坐一起。

老妈依次给小宝、大宝、奋进夹菜："最新鲜的小笋。"

没吃几口。奋进开口了："妈，赶紧进入下一个议程吧。"

老妈看了我一眼："你一会儿有约会吗？这么着急。"

"没有。"

"这个可以有。"

"这个可真还没有。"

"你们讲相声呢？"老爸插了一句。

老妈继续："几千封求爱信，没一个中意的？"

奋进答："没有。"

老妈筷子一跺碗底，说："这个可以有！"

奋进筷子也一跺碗底，然后脸色一变，哭丧着说："妈呀，这个还真没有！"

老爸看看我，看看大宝，嘟囔："这两人咋了？"

大宝给老爸满上一杯白酒，说："妈在谈奋进的终身大事。"

"这个可以有。"老爸一句话把满桌逗乐了。

饭后，我把平板电脑拿起，递给奋进："打开邮箱，让大家给你参考参考，别那么挑。"

"挑的不是我，是你们。"

奋进极不情愿地打开了邮箱："哇，又新增三百封，唉。"

"好事啊，说明你是个畅销品，不是滞销品。"老妈抢过电脑。

"我担心是快消品。"

"怎么会，一个大博士，有的是内涵，怎么会是快消品？要说快消品，也是你哥，一天到晚，不是策划就是营销，两片嘴皮子什么时候吧唧不了了，讨饭都没人给。"老爸说。

"爸，你怎么扯到我头上了。"我说。

大宝从后面推了我一下，说："爸，你说得对，我赞成。"

我反过头去："嘘，别偏离主题，看邮件，筛选你未来的弟媳。"

大宝瞪了我一眼："什么弟媳，妯娌！一点常识都没有。"

"没文化真可怕。美好，来，我们来海选海选。奋斗你洗碗去，老头子，你继续看报纸，海选没你们男人的事，决赛了，你们再发表意见。"老妈吩咐道。

"那我呢？"小宝问。

"你要回外婆那里了。睡觉时间到了。"我说，拉起小宝就走。

回来后，我进了厨房。老爸也跟了进来。

我把碗洗干净，他一个盘子一个盘子把水甩干。

"你们给奋进登征婚启事了？"

"差不多吧。他上了电视，相亲节目。"

"我知道那个节目啊。"

"你知道？"

"知道，我那些学生天天在讨论。我怎么不知道。你太小看你老爸了吧。"老爸把一把筷子甩了无数下，"看来，奋进在节目上没有牵手成功？"

"没有。他故意牵手不成功。"

"哦？小子有能耐。"

"这叫能耐？"

"怎不叫能耐？嘿，小子，跟老子当年一样。"

"啊？"

"嘘！"

一出厨房，咦，人呢？

一个声音传出来："在房间里，快来投票。"

五口人挤在卧室里。大宝看到我们进来，说："妈说平板电脑屏幕太小，还是看大屏幕舒服。"

奋进坐在床上，盘着双腿。老爸跷起大拇指，问："你这姿势，是受审呢，还是冥想呢？"

奋进双手合十："阿弥陀佛，善哉善哉。"

237

"坐好。"老妈用命令的语气说,"经过我和美好的仔细审阅,第一轮海选选出五位未来的儿媳妇。"

"也是我未来的妯娌。"大宝操作着电脑,搭着腔。

"选出这五位候选人是有标准的。"老妈接着说,"具体标准,美好,你总结一下。"

"好的。谢谢主考官。"大宝说。

"啰唆。"我嘟囔了一句。

"我们的标准,一个是基本标准,就是学历、工作和年纪。学历,当然本科以上,但是博士以下。博士的,基本不要。"

老妈插嘴:"博士,绝对不要。俩博士,听着都累。"

老爸插嘴:"博士配博士,怎么就不好了?"

"好,但是应征的六名博士,年纪都快四十了,而且两个还是妈了。"

"哦,那年纪是大了点,大了点。"老爸住嘴了。

"继续啊。工作,一个是相对稳定,一个是工作地点最好是北京或者深圳,异地恋,基本排除。"

"这我赞成,异地恋,挺难。"老爸说。

我勾过头去看了一眼老爸。老爸故意装得一脸无辜的样子。

"继续啊,年纪二十五到三十。"

"这个我没意见。"老爸说。

"我也没意见。"我说。

"我也没意见。"奋进高声插进来,然后倒在床上。

"继续继续。刚才说的是基本标准,还有一个标准,就是参照男嘉宾所看中的心动女生的标准。包括发型、服装、脸型、说话、姿势等等，看得见的，看不见的。"大宝点开12号白鹭的照片，放大，放大，再放大。

老爸偷偷向奋进竖起大拇指，发现奋进倒在床上，眼望天花板，立即扯了下他裤腿："什么态度！"

奋进坐了起来，盘腿，双手合十："阿弥陀佛，善哉善哉。"

"综合起来，我们选出了这五名候选人。"大宝说完，挪开椅子。屏幕上播放着五位女孩的照片。

每过一张照片，我和老爸轮流点评一次：

"嗯，很干练。"

"嗯，不错。"

"嗯，很优雅。"

"嗯，不错。"

"嗯，很知性。"

"嗯，不错。"

"嗯，很朴实。"

"嗯，不错。"

"嗯，很甜美。"

"嗯，不错。"

"你除了'不错'，能否换个词？"老妈对老爸有点不满，"亏你还是大学老师。"

"不错，就是最高的褒奖，多朴实无华的评价。"

"好了，第二轮投票，不记名啊。票数相同时，再投，直到产生最高票为止。"

"开始,不准交头接耳。"

可这边,奋进不知道啥时候偷偷溜出去了。

典型的一个皇上不急太监急。

大家倍觉无趣,草草收场,各回各房。

回到卧室。大宝躺床上玩着游戏,正起劲。

我在电脑上,浏览汽车频道。看着一辆辆新车图片。嘴里不时地发出"哇塞"、"啧啧"声。不时瞟瞟沉迷于游戏中的大宝。看她没反应,我故意把鼠标弄得噼噼啪啪响,嘴里的词汇改为"哇,好漂亮"、"哇,太漂亮了"。

大宝突然哈哈两声:"小样,来,我来了。"

大宝走过来,抢过电脑,啪啪点出一款车:"我觉得这个适合你。"

一款吉普车,标价三十万。

"你也在关注车?"

"我也在关注车,而且是帮你关注。"

"你怎么知道我想买车?"

"就你那点小九九,一天到晚看汽车网……"

"我今天坐公交,堵在路上,心想,以后要到白鹿市做那选秀节目,少不了东奔西跑的,想想还得有个车。"我把大壮邀请我到隔壁白鹿市承包选秀节目的事,简要跟大宝讲了讲。

"哦。"大宝说,"去不去白鹿市,咱们家都得再买辆车。小宝马上上学，肯定有需要你接送的时候，得多一辆车。我比较来比较去，这车还行，外形、油耗，最关键是价格。"

"这车我了解过。三十万。还是贵了。你知道国外多少钱吗？四万，美金。这外国货倒腾几下运到中国，就多了好几万，他娘的。"

"进口车都这样。那也没办法。十几万的经济型轿车，你也看不上。上百万的豪车，咱买不起。咱就一小中产，只能不上不下，将就。"

"可想想那好几万的差价，心里就不爽。"

"不爽，那就买国产车，十几万，没关税。"

"要不，买个宝马？我特喜欢宝马。"

大宝瞪大眼睛："把你卖了，还是把我卖了？"

"都可以。关键是没有买主。"

大宝回到床上。

我关了电脑。

我躺了会儿，搂着大宝说："我做了一个艰难的决定，等和大壮的合作一搞完，赚到的钱，一分不剩，买——宝——马……"

"批准，同意。快去洗澡，然后做个美梦。"大宝一脚把我踹下床去。

我出去洗澡的时候，看到奋进正在小房间里看书，厚厚的一本乐谱。

电脑屏幕上，还在跳动着那五名候选女孩。

路过老爸老妈房间时,灯也是亮着的。

我推开一丝门缝,看到老爸正在勾着头读报,老妈戴着老花镜帮老爸剪手指甲。老妈说:"奋进这小子,这么多女孩都看不上,不会是……同性恋吧?"

老妈还在怀疑奋进是同性恋。

老爸手往里一缩:"不、不、不可能吧!"

"为什么?现在报纸老报这样的新闻,而且说学历越高,概率越大。"

"那也不可能发生在我们儿子身上。不行,我要问问他!"老爸说着要起身。我赶紧推门而入,拦住了老爸。

我的出现,把俩老人吓了一跳。老爸说:"你小子窃听啊,说,你是谁的卧底?"

我说:"爸,你别激动,奋进不会是那个啥同性恋。没那么容易同性恋。同性恋总有一点蛛丝马迹的,至少,现在看不出他哪点有什么不同。你这一问,反而会把一个异性恋搞成同性恋。"

老妈把老爸扯到床边:"激动个啥,我也就是这么一说。我也觉得不可能,不可能。"

"既然排除了同性恋,那就别太急。你看,现在是皇上不急太监急。奋进是有自己主张的人。咱们要相信他。相信姚家人。"

"能不急吗?你看这个新闻。"老妈从床头柜上翻出一张报纸。

我接过来,念道:"2020年,中国将有3000万到4000万男青年找不到老婆,这绝不是危言耸听。……全国政协人口资源环境委员会副主任李伟雄指出我国性别比例失调的严重性。……据显示：我国出生性别比高达117，即每出生100个女孩即有117个男孩出生；在不满20岁的人口中，男性比女性多出2000余万人，平均每个年龄男性比女性富余100多万人。……中国出现剩男现象，不可避免。

"哎呀，是该着急了。有的男人还一个霸占两个呢，那……包二奶什么的。那剩男不更多了。是吧？"

"你真能扯。"老妈推我出房门，"赶紧洗洗睡去。"

我关灯，拉门，溜进了卫生间。

卫生间里遗留着老爸看过的一份报纸，我把报纸折叠起来，看到一个醒目标题：宝马520成为中产者最趋之若鹜的身份象征。

我一声叹息，把报纸撕得粉碎，扔进马桶里，按下开关，哗啦，冲得一干二净。

去你的宝马。

去你的中产。

去你的身份象征。

15　赐我一个土豪丈母娘吧

就在洗澡完毕，准备睡下时，电话响了，是一个陌生电话。可仔细一看，又很熟悉，但怎么想也想不起来。

这么晚了，会是谁呢？

我滑动接听键。

"姚记者，还记得我吗？"一个陌生又熟悉的女中音。

"我向你爆料过，第一小学的校服事件……"

哦，想起来了。那年，天气突然降温，大冷天，第一小学要求学生穿着单薄的校服，否则不给进校门。她爆的料，我写报道了，但为了让小宝读上第一小学，报道被我自我阉割了。然后，别的报纸报道了，我们部门被处罚。然后有了我为了挣得面子，去曝光东部新区明星企业向水库排污的事，报道被报社副老总扣押，被我发到微博上，时任东部新区宣传科科长的柴美好、我的妻子请我删除微博，我没删，结果她被贬到了下面的街道办事处……

往事一幕一幕。

这个女的怎么了？

"你说，什么事？"我在电话里说。

"我要继续投诉第一小学，我妹妹的小孩，符合就近入学政策，但第一小学网上公布的第一轮名单里没有她的孩子的名字！说什么学位紧缺，符合政策也没用，我担心这里有权钱交易！"女士说。

老天，我首先想到小宝的命运。小宝会不会也不在名单里？

"不好意思。我辞职了，不是记者了。"我挂掉了电话。

开机，上网。

打开教育局的网站，公布学位名单的网页上，密密麻麻，"第一小学"四个字异常醒目，因为它在第一排。

姚小宝。姚小宝。姚小宝。姚小宝。姚小宝。姚小宝。姚小宝。姚小宝。姚小宝。姚小宝。姚小宝。姚小宝。

……

怎么没有儿子的名字！

我翻出一个本子，上面记了两条幼升小的政策问答，其中一条是：

问：入学前一两年购买二手房，子女在学位申请时会有影响吗？

答：在大多数学校学区内购买二手房，基本都能就近入学。但是有个别学位特别紧张的学校，如果前业主已经使用过（或正在使用，或已毕业）学位，虽然可以申请学位，但不能保证就近入学。倘若排序靠后，就可能会被调整到附近的公办学校就读。购买此类房时要慎重，不要听信中介或前业主的承诺。

"基本都能就近入学。"

人家说的是"基本"啊，不是百分之百。

"个别学位特别紧张的学校？"

第一小学，就是个别中的个别。

当时买房的时候就注意到了这条，想不到这事还是发生了。

政策啊，跟女人的话一样，任你怎么解读，上、下、左、右，都行。

没多久，就是开学日子了。一刻也耽误不了。管他深夜几点不几点，找第一小学的校长。找当年暗示我不要发稿曝光校服事件的校长。牛皮哄哄的校长。

电话通了，想不到对方一口叫出了我的名字："姚奋斗，姚记者。"

我顾不得寒暄："我们早几年就在牛角塘买了房子，房子带学位，为什么网上公布的名单，没有我儿子的名字？"

对方一如既往的低沉的声音："哦，还有这事？可是三个月前我就离开了学校，现在调到区教育局来了，不分管学位，分管后勤采购。"

老天！

"该怎么解决？指条路！"我说。

"别着急，慢慢来。不妨找找现任的欧校长，看有没有什么补救措施。"说得轻描淡写的，声音温柔得可以把一头牛杀死。

我知道，纠缠无用，挂了电话。

第二天一早，我和大宝去了第一小学。学校保卫处的门卫，居然还认识我，他问我采访什么，我说采访新的学年学校有什么新的规划。这次门卫没阻拦，放了我进校园。

第一小学的新任校长，欧齐备，从教育局调下来，官腔比他的啤酒肚还大。我把牛角塘房子的房产证明递上去，他看了一眼，直接打开电脑："看，一百多个有学位的人，照样上不了第一小学，僧多粥少，你让我怎么办？我们必须得面对现实啊，姚记者。"

我委婉地提到当年校服事件。把自己说成为了顾全第一小学的名声做出了很大的牺牲的人。欧校长轻轻一笑，不置可否。那时，他不在位，提了白提。

我插入一句介绍："我老婆，柴美好，市委办公厅的公务员，现在在东部新区挂职锻炼，马上要调回市委市政府。"

欧校长还是轻轻一笑，不置可否，不为所动。

这是一个官场老狐狸。

"有没有什么可以挽救的办法？"大宝身子倾过去。

"办法也不是没有。"欧校长把"有"字拖得很长，换了个姿势，似乎现在才开始进入谈话正题，"如果公布名单里有人不来读,我们会依次补录名单。"

"按往年常规,不来读的人有多少?"我问。

"这个哪个说得准?两三个,三四个吧,不会很多。"欧校长喝了口茶,用手抹去嘴角上的一片茶叶,"情况就是这样,我留个我的电话给你,有事再联系。"

欧校长用笔写了个手机号码,从沙发上撑起来,送客。

出了校门,我骂开了:"明摆着要你私下求他。老子要是记者,一定搞臭他!"

大宝说:"幸好你不是记者,否则,小宝一点希望都没有。"

"怎么办?"

"怎么办?找人呗。在中国办事,除了找人,还能怎么办?"大宝叹了口气说,"对了,这个事,你千万千万别插手。小宝进了第一小学后,你的英雄主义、理想主义,爱怎么搞,我管不着,但这个骨节眼上,别添乱。"

我哪敢添乱?大宝不让我去找关系,已经是万幸了。当然,我也找不到关系。

天生不会求人。

我讨厌自己这副臭文人嘴脸。

大壮搞的那个白鹿市"最动听"选秀,迟迟没有消息。也好,我就耐心候着吧,正好歇歇。但我也不好一点也不过问,于是,隔三岔五找找大壮,"天天开心"里,胡吹海聊一通,把一张普通选秀节目的饼,硬是说成国家文化软实力象征的披萨。披萨,比饼看上去高端、大气、上档次,还特有文化。

酒足饭饱回到家。小宝开的门。小宝嚷道:"爸爸爸爸,一个好消息,一个坏消息,你听哪个?"

看着天真如糖、虎头虎脑的宝贝儿子,我蹲下来,打起精神,强装欢颜:"好消息。"

"好消息就是奋进叔叔找到女朋友啦。"

"坏消息呢?"

"坏消息是奋进叔叔找到女朋友,然后没有人跟我玩滑板了。"

奋进还真找到了女朋友。

有一点疑虑,至少是可以打消了,那就是,奋进性取向,正常,不是那个啥同性恋。

一桌子的菜。

老妈说:"美好打电话说了,今晚要加班,回来要很晚,咱们先吃吧。"

"哦,忘了。"老妈接着说,"美好还说,她代表新区基层向奋进发来贺电,祝贺姚奋进同志抱得美人归,掀开人生新篇章。"

"谢谢来自基层的问候。"奋进说。

"说说吧,到底怎么回事。别只说结果,不说过程,谁知道你是真是假,是出于安慰我们,还是出于显摆自己。"

"等着啊。"奋进把平板电脑立在桌子上。然后用手哗啦了几下，出来一封邮件。邮件标题：小师妹向黔应征大博士。

点开一个照片，是个校园照。一个女孩，穿着毕业服，在草地上，神采奕奕。照片背景是"毕业典礼"四个大字。

"这是什么学位的服装？"我问。

"硕士。"

"吓死我了，幸好不是博士。"老妈拍着胸口说。

"长得不错。"我说。

"我也觉得。"老爸附和。

老妈瞪了老爸一眼，然后让奋进："继续啊。"

"向黔，贵州人，我师妹，但不属于嫡系，她学法律的。今年毕业。我们都是传协会员。"

"什么？穿鞋？"我和老爸异口同声。

"传协，传统文化爱好者协会。我是会长，她是秘书长，我们合作过相声还有地方戏……"

"讲重点！"老妈打断之。

"重点就是她一直喜欢我，但我不、知、道。我也喜欢她，但我不敢表白，怕、被、拒、绝。然后大家学习都特别忙，一拖一拖就不了了之了，再加上我又调来深圳，她在北京，压根就不想了。"

"还有你不敢表白的，你是我儿子吗？"老爸怒道，"小时候，左邻右舍，哪家姑娘漂亮你往哪家钻，屁大点年纪，还死皮赖脸跟人合唱《夫妻双双把家还》。"

"行了行了，你也别扯远了，继续说重点，然后呢？"老妈打住老爸，继续追问。

"向黔小师妹也是今年毕业，看了电视之后，当天晚上就给我发了邮件。可她的邮件淹没在几千封里，我压根没细看，就PASS掉了。前几天，我打算批量删除这些邮件的时候，莫名其妙又翻到这封邮件。一打开照片，傻眼了。几个月不见，我发现有问题，不对！"

"怎么不对？"老妈愣住了。

"她变成熟了。"奋进显然是在逗大家。

"硕士都毕业了，也该成熟了。"我说。

"接着这几天，我们的感情啊，就像开了闸的江水，山洪那个暴发啊，波涛那个汹涌啊，一会儿排成个人字形，一会儿排成个一字形……"奋进摇头晃脑、比手画脚起来。

"停停停。又开始胡扯了。"老爸说。

"好，我宣布，我的新晋女友向黔下周就到达深圳，接受大家的检阅。"奋进点了下平板电脑，屏幕黑了。

"下周？快了点吧？"老妈惊讶，"我的心理准备还没做好呢。"

"你有啥心理准备要做的，又不是你娶媳妇。"老爸说，"没找到又说没找到，找到了你又嫌快，真是的。"

我追问了一句："她下周来深圳是探亲呢，工作呢，还是其他？"

"工作。她刚过了司法考试，已经和深圳的一家律师事务所签约实习了。"

"哦，律师。那以后咱们家打官司有律师了。不过咱们家也没啥官司可打的。"老妈清理着盘子，喃喃自语。

大宝很晚才回来。

我最想了解的信息，当然是小宝读书的事情，有无进展。

我站在床边，不知道该怎么开口。

我担心给大宝增加压力。

大宝坐在椅子上，歇了足足有五分钟，半天吐出一句："搞定了。"

太好了！

我走到大宝身边，呆呆地望着大宝，一句话也没说。

"第一小学一年级有三个学位空缺，听说是随父母出国了，然后第一时间补录了小宝。"大宝说。

这都是大宝的功劳。我心里暗想，也不知道她求了哪个官员，或者塞了多少钱。甭管多少钱，事情办成就万事大吉了。我晓得大宝的性格，办这些事，不是逼到最后，她也不会去低头求人的。

真是委屈她了。

我从阳台上取下一条干浴巾，放进洗手间里，出来说："赶紧洗个澡，洗个澡舒服点。"

我趁机把菜热了一下。

洗完澡后，大宝趿着拖鞋出来，坐在桌子上，手支撑着下巴。我帮她按了按肩。

她问："你们的选秀节目怎么样，靠谱吗？"

"今天正式运作，靠谱。项目做完，保守估计，一台宝马越野车的价钱。"

"车子什么时候去交款？"

"算了，缓一缓，不着急。"

"为什么？"

"三十万，不是小数，再考虑考虑。"

"嘿，可怜的小中产。"

小宝读书的事，一解决，奋进找媳妇的事，也跟着来了。

回到家，推开门，只见客厅里多了一个女孩。

奋进和女孩坐在一起，无疑，是向黔，奋进的女朋友。

"我哥，奋斗同志。"奋进介绍，然后一拳砸在我胸口上，"搞什么去了，这么晚，我们的话题都从原始社会聊到共产主义社会了。"

无论是穿着，还是说话，向黔是个干练利索的女孩。这让我想起了节目上心动女生12号。奋进喜欢的是这一款，口味一直没变。

没等开饭，奋进和向黔就告辞了。他们约了朋友，看一个话剧演出，时间有点来不及了。

"周末，我请喝早茶。"送到门口，我对向黔说，"定下来后，把酒楼的地点发给你们。"

"好，没问题。我担心我坐不住，喝早茶，太优哉游哉了。"向黔说。

"你要适应这个生活。你，一律师，奋进，一研究员，你们一组合，典型的小中产，小中产的特征就是一到周末，电话关掉，享受一家人优哉……游哉的慢生活。"我描绘起来，很享受的样子。

"少给人家灌迷魂汤。"大宝在一边呶喝道。

"好吧，中产生活，从周末的早茶开始。"向黔说。

"少听我哥忽悠。走啦，爸妈，嫂子，再见。"奋进拉起向黔，走出家门。

我送出家门。奋进转头对我说："中产哥，你幸福吗？"

卧室里，大宝正在翻箱倒柜，找户口本，嘴里念叨着："明明放这个柜子里的，怎不见了？"

我用手电照了照，户口本掉到柜子最底层的底板里去了。夹出来，想到儿子读书有惊无险，奋进好歹有了女朋友，我心情愉悦，调侃大宝说："大半夜找户口本干吗？准备跟我离婚？"

"是啊，离婚。"

"真的吗？别吓我，我胆小如鼠，你知道的。"

"还煮的呢。掰掰手指头，还有多久，你儿子正式上小学了？"

"哦，是哦，小调皮蛋，终于有人收管了。"

大宝把户口本收在一个透明的塑料袋子里，突然抬头问："你刚才说离婚，你觉得我们会离婚吗？"

"生活这么美好，有房有车，孩子马上上名校，周末优哉游

254

哉喝早茶,当然不离。姚奋斗要和柴美好,策马奔腾,共享人世繁华,对酒当歌,唱出心中喜悦……"我哼起了《还珠格格》里的一首主题歌。

"美好个屁。明天一早,我又要接受我们变态领导的训斥。"

"明天,雨过天晴。"我关了灯,哼了一句,"明天会更好。"

周末的家庭聚会总是充满了欢乐。

我、大宝、小宝"吉祥三宝",我妈、我爸、岳父、岳母四个老革命,七个人,在喝早茶的酒楼里,围了满满一桌。还留了两个位置给奋进和向黔。

小宝一会儿钻个桌子,一会儿做个鬼脸,既让人烦,又让人笑。

两个老爸在互相交换着报纸看。

两个老妈在点着东西,不时问问大宝的意见。

我给奋进打电话:"到哪儿了?再不到,可就是下午茶时间了啊。"

正说着,奋进举着电话过来了。

奋进向我岳父岳母介绍说:"向黔,我女朋友。"

我补充说:"是律师。"

向黔一一问好。

"坐坐坐,律师好啊,律师铁肩担道义,妙手著文章。"岳父说。

"亲家，你说得不对，铁肩担道义，妙手著文章，讲的是奋斗以前的职业，记者。律师是主持公道，维护权益。"

"显摆，继续显摆。"老妈白了老爸一眼，"小向，你们年轻人聊你们自己的，然后多吃点，一定饿坏了。"

"还好还好。"向黔答道。

大宝给向黔和奋进倒了杯新茶。

大宝问向黔："工作还适应吧？"

"还好，压力挺大的。四处找案源。"

"刚进去，应该有老律师带新律师吧？"

"按道理，是应该有，但大部分律所没有。大家都是单干户。没人管你是不是新人。"

四个老人显然是在听向黔说话。岳父跳了出来："以老带新，传帮带，这革命优良传统就这样丢了？"

"是啊。你一小姑娘，要经验没经验，要人脉没人脉，太残忍了吧？"老妈接话，"不行，考公务员吧，美好，你帮小向留心点，什么时候有招考告诉她。"

向黔笑着说："这行就是这样的。律师事务所不会为了培养一个新人，安排一个老人带你，把手里的案子给你做，给你出庭机会，不会。为什么？他知道花钱培养你，等你成熟了，强大了，你一跳槽，他不就竹篮打水一场空了吗？甚至，你还会抢走了老律师的客户。所以，律所觉得花钱培养新人，还不如花点精力去开拓提升业务。"

"太残酷了，这社会。"岳父说。

"也还好，新人在哪个行业都一样，都有一个过渡期、适应期。好在我很享受这份充满挑战的工作。我现在的这家律所好处是名气大，坏处是没有专业分工，什么案子都接，律师也没有万能的，不可能什么都懂，我感觉这样的体制，服务质量难以保证。我打算适应一段时间，跳到另外一家外资所，专攻一类案子。"

"哪类案子？"我妈问。

"家庭暴力类，维护女性的正当权利。"向黔说。

"这个好。现在家暴挺多的。"大宝接了一句。

奋进一直埋头吃东西，听到大宝这么说，猛地抬头盯着我。接着，岳父、岳母，除了向黔，所有人都盯着我。

向黔则盯着大家。

"都看着我干吗？不要断章取义好不好！"我说，"我会是家暴的人吗？被家暴还差不多。"

"吓死我了。"奋进说。

"小向，我也觉得你选择的方向不错。这个领域，看上去很不起眼，但有得做。你要做成这方面的权威、专家，对一些公众事件要介入，要发出你的声音，你不但是法律专家，你还是社会学家、伦理学家，树立起你个人的品牌。"

"我赞成奋斗说的。小向，只有每个中产者，都有你这样的正义感、社会责任感，国家才会大大地进步。"岳母总是在关键时刻点拨一句。

"说得好。"大家一起鼓掌。

向黔一脸惊恐："我啥时成中产了？"

"你一律师，奋进一研究员，收入高，又稳定，当然是中产。"岳父说。

"哦。"向黔高高举起茶杯，"来，为中产干杯，为明天干杯。"

奋进和向黔的动作够快，婚了。

哲学博士、研究员奋进，和致力于家庭暴力案件的向黔律师，结婚了。

相处才多久啊。

不过也可理解，两人同一个学校，还同一个社团，还合作过相声还有地方戏，抬头不见低头见，可以说是知根知底。关键，还心生喜欢，互相暗恋！这窗户纸一捅破，结了，水到渠成，不算冲动。

再看看年龄。也是时候了。

男三十一，女二十九。不算很晚，但也不能说早。要说早，榜样在我和大宝这儿，我们才是真正的早，本科毕业一年多，年方二十五，就兴冲冲地交上了九块钱领了红本本。

婚礼从简。因为向黔太忙了，酒席不是不想操办，而是她根本没这个时间。

那就内部欢庆下。向黔的妈妈，从贵州赶了过来，看到姚家、柴家人都是其乐融融的，嘴里连说："你们这个大家庭好，好，好，一个个都是知识分子，向黔嫁过来，我放心了。"

向黔父母很多年前就离婚了，她妈妈一个人做生意，一开始在县城的副食品厂卖辣子酱，然后一点点渗透到调料行业，最后在老家小镇上收购了一个倒闭了的香料厂，再把香料厂改装成罐头厂，把她拿手的辣椒酱做成了罐头。结果厂子越开越红火，成了当地有名的乡镇企业家、三八红旗手。向黔妈妈现在觉得很满足，工厂已经交给跟了自己二十年的总经理，老老实实做着，一亩三分地，精耕细作，保质保量。什么融资、风投、做大、做强，一概不理。

内部欢庆就是实在。敬酒完毕后，一大家人就开始讨论奋进、向黔的实际问题。

啥实际问题？

自然是房子。

第一个开腔的向黔妈妈："向黔、奋进，你们两个什么时候买房子？"

这个问题提得合情合理，但谁第一个提出来，还是让大家感觉突兀。

因为买房子，太难了。

我瞄了一眼，我妈的眼睛猛地眨了几下，接着是我爸掐了掐自己的鼻子。

显然，这句话，在我父母这边，引起了涟漪。

丈母娘发话了啊。

向黔先接了话："现在我们住在研究所的公寓里，好好的，又不要租金，着什么急？"

奋进加了一句："我也觉得不着急。"

做生意的就是做生意的，说话直来直往。向黔妈妈一下子急了："你们这俩毛孩子，学历比天还高，怎么一点不开窍，这房价一天一个样，当然是早买早好了！"

向黔甩了一句："这道理还要你教，谁不想买？我们刚毕业，现在不没钱吗。"

"想买就对了，我要的就是你这句话。"向黔妈妈大男人似的，一拍桌子，"妈支持你！三十万！"

嗬，好古怪的妈！

像个黑帮老大。

奋进挺起胸说："妈，我们不能要你的钱。"

向黔妈妈气势又来了："我的钱还不是你们的钱，你讲究啥？读书人，有时候不要太讲究，一讲究，很多事都办不成。"

这话把大家镇住了。

显然，向黔妈妈来自江湖。她比我们更接地气，更了解社会。一下子，我对向黔妈妈肃然起敬起来。

我瞧瞧我妈。该轮到我妈说话了。此刻，老妈心里一定在说："来者不善啊。"

老妈咳了一声嗽，说："亲家，我赞成你说的，现在不买，以后买，肠子悔青都没用。但我又觉得，我们不能包办这件事，毕竟他们长大了，以后要独自面对这个复杂的社会，人生道路上，任何事情，无论是甜还是苦，都要他们自己去感受，去品尝，去奋斗，去奋进。"

向黔妈妈被我妈的一段不知是从《读者》还是《青年文摘》上

抄录下来的心灵鸡汤给动之以情晓之以理了:"有道理有道理,路要自己走,路要自己走。"

"但是,我又觉得……"我妈手一挥,"我们还是可以协助他们买房的,你出三十万,我们也出三十万。"

我妈看了奋进一眼,说:"给他们付个首期,买个小房子,至于能不能供得起,能不能换大房子,我们就不管喽。"

奋进被我妈那一眼压下去了,没有站起来反对,躺在椅背上望天花板。

"好。"向黔妈妈啪的一声拍在大腿上,"成交。"

一句"成交"把大家逗翻了。

老妈这时候急速地瞅了我一眼。

我明白那眼神的意思,但我没有回应她。

酒席之后,我先把大宝和大宝父母、小宝送回去。一路上,大宝和大宝父母显得很疲倦,一言不发。只有小宝还在不停地问"十万个为什么":"为什么奋进叔叔要和向阿姨结婚,他们之前住在一起不叫结婚吗?"

再回来接我的老爸老妈。

一上车,老妈就问我:"我说出三十万的时候,你没注意到我看了你一眼吗?"

"我知道,你不就是想让我站起来说,'哥嫂赞助五万十万'吗,可这不行啊!"一家人,我捅开了窗户纸说话,"手心手背都是肉,我和美好结婚时,你们没有赞助一分钱,现在奋进结婚,你们一口气拿三十万,我当然没想法,但谁知道美好、美好父母有没有想法?我要再站起来充大度,赞助五万十万,表面上,美好、美好父母不会反对,可人家内心会是心甘情愿吗?妈,你想过这个没有?"

老爸说话了:"就不应该赞助。奋进、向黔都是争强好胜的人,就让他们去闯。"

"哎哟,你酒桌上不反对,现在才反对,有个屁用。"副驾驶位上的老妈反过身子,呛了老爸一句,然后坐好说,"我现在一一答复你们父子的意见。第一,奋斗,你讲的话我能理解,换了我是美好或者美好她妈,我也会有想法。但是别忘了,你们当初看房子、买房子,我们是表过态的,我们付一半首付。你别说没有啊。是你们自己说有钱,是你们自己说啃什么也不能啃老!你们是这么说的吧?所以不能怨我们,要怨也怨你们自己。美好如果因为这个和你生气,我跟她说!"

"别别别,千万别!"我和老爸几乎异口同声。

老爸的手还激动地扯住老妈衣袖:"千万别干涉内政。"

"我有这么恐怖吗?"老妈拍掉老爸的手,"我再回答你的问题,我从来就没有想过要赞助奋进,是向黔她妈先下的战书,'我出三十万',向黔她妈一说完,把我吓住了,我们家如果不回应,当缩头乌龟,这事能过得去吗?我必须要应战。后来我一想,这战书下得好啊,如果她下的战书是'房子问题必须男方解决',你照样得接,那我们这把老骨头还得回到学校吃上几年粉笔灰。"

"倒也是,奋进遇到了一个豪爽、大度的丈母娘。"老爸回应了一句。

"土豪，土豪啊。"我说，"上帝，下辈子，赐我一个土豪丈母娘吧。"

"这么一算，我们是赚了的。"老妈还沉浸在她的世界里，自顾自说，一副小人得志、志在必得的样子。

16　不上不下的小中产就不能停下来，冲啊

奋进买房的钱一确定，老爸老妈心中的一块石头落了地。接下来，看房子、选房子，他们才没这个精力跟着屁股到处跑，至于怎么装修买什么家具，更轮不上他们说话。

心，又空了。

很自然地，他们想到了另外一件开心事：带孙子。

虽然我的房子和岳父岳母的住房相距不到一千米，但几年来小宝一直跟着外公外婆睡。老爸老妈一大早锻炼回来后，就觉得身边应该有个小宝的声音，吵闹的声音、问"为什么"的声音，甚至是哭泣的声音。这才叫老有所乐嘛。

这一点上，两人意见高度一致。一个电话就挂到了亲家那边。岳父岳母自然欢迎："过来吧，小宝也刚起床。"

我爸我妈几乎是小跑过去，吹着口哨，哼着小调。

四老聚在了一起。单单听不到小宝的声音。

"小宝呢？"我妈问。

"自个下去玩了。"岳父答,然后走到落地窗前,撩开窗帘,"喏,你看,在那儿呢。"

我爸我妈隔着玻璃看到,小宝正和一小伙伴打着陀螺,一会儿蹲着,一会儿赖着,一会儿打着滚。

一边看,我妈一边自言自语:"不怕脏啊。大热天,不怕中暑啊……"

一会儿,一辆自行车呼啸而过,我爸惊吓了一句:"好危险!"

岳父岳母在一边看着,脸色有点不对,打着哈哈说:"没事的,小宝懂事,玩一会儿就自己回来的。骑单车那小胖墩,是小宝最好的朋友。"

我爸隔着玻璃猛招手,小宝根本看不见。徒劳一阵后,四个老人喝起了茶。

可我爸我妈根本坐不住。心不在焉,心在小宝那儿。期盼着小宝快点回来,帮他擦汗,教他学习。我妈上厕所的时候,偷偷溜进了一个小房间。小房间里有小床。床上的被卷像腌菜,揪得乱七八糟,墙上五颜六色地涂抹着,字写得难看死了。

我妈回到沙发坐了会儿,看看墙上的钟,说:"走,我们去找小宝,都几点了。"

岳父说:"行,我们在家准备午饭。"

"中午随便吃点。"老爸一脚跨出了门,连脚上的拖鞋都没换。

两个老人像获得解放一样,冲下楼去。远远地就喊叫:"小

265

宝、小宝。"

小宝跑过来,被老爸抱了个满怀。老爸尝试举起来,可惜失败了。

老妈噗噗噗地教训起来,但听上去,又像是在数落岳父岳母:"就不怕中暑啊!以后不准这么玩了,要回家学习、练字。"

小宝的一头汗,早在老爸的怀里擦干净了。"来,我陪你打陀螺。"老爸一手夺过玩具,啪啪打起来,非常溜。小宝高兴得跳起来。

老妈就这么一直看着,一老一小互相比拼着谁的技艺精湛。

老妈也忘了自己站在太阳底下,汗水直流,直到手机响起,才回过神来。岳父打电话过来,喊回家吃饭了。

老妈赶紧把小宝身上的汗再擦了一遍,拉着小手,进了电梯。

电梯里,老妈问:"爷爷奶奶好玩,还是外公外婆好玩?"

小宝说:"都好玩。"

"嗯?"老妈再问。

"爷爷奶奶好玩。"小宝这个机灵鬼。

"下午,我们再出去玩,好不好?"老爸问。

"好。"小宝说。

"回家后,跟外公外婆说,下午我们出去玩,好不好?"

"好。"

下午我一回家,就看到小宝在家里接受两位曾经的、优秀的人民教师的管教。一张作息表列了出来,几点起床,几点练习毛笔字，几点听故事，几点下楼玩，几点看动画片，几点刷牙，几点睡觉。

表格抄了一式两份。

其中一份写着"贴外公外婆家"。

老妈描述了她在岳父岳母家看到的情景：小宝在烈日下玩，自行车呼啸而过、险象环生，小房间里乱如猪圈，字写得狗爪一般。

"我想把小宝收回来，马上就小学开学了，要给他来一个学前魔鬼训练，养成一个做事有条理、爱整洁、守纪律的好习惯。"老妈说，"你岳父岳母那一套，容易把孩子搞野了。不行，没规矩，成不了方圆。"

晚上，岳父电话过来，问："小宝今晚过来，还是在你们那儿？"

大宝接的电话，举着电话扯住正在跟老爸玩的小宝说："小宝，外公叫你过去睡觉了。"

"不，我今晚和爷爷睡。"小宝嚷道。

大宝听到自己的父亲在电话里叹了一句："狼来了。"

大宝还没明白，四个老人的战争开始了。

另外一边的战争，也开始了。

说的是奋进、向黔这个中产之家。

那段时间，白鹿市"最动听"选秀的消息，迟迟不到。每次问大壮，大壮都说，批复在路上了在路上了。我说，批复自己走的吧，都几个月了。

担心被说吃软饭，我接了个私活。写一个公安跨境缉毒大案的报告文学。每天窝在家里，查阅一米高的卷宗，整理、梳理，找细节，把案子写成一个个故事。

也正因为我在家，我见证了，也不幸参与了这场战争。

"催生"大战。

催促生育。

确切地说，主谋是向黔妈。

帮凶，我和我妈。

还有我爸，没直接参与，至少也是间接参与，负有知情不报的责任。

唉。

那天在车上，收到老爸发的短信，说晚上有家庭会议。

一到家，就发现奋进、向黔在。

向黔她妈，也在。什么时候从贵州跋山涉水过来的？一个信号弹都没发。

什么重要问题呀，这么大动干戈的？

奋进看了我一眼，然后眼睛拐弯到我身后，没看到他嫂子，然后眼神复杂地看着我，似乎在求证什么事。

我长叹一声。奋进跟着长叹一声。

两兄弟算是心领神会，有效沟通过了。

向黔电话不断。看她在阳台上说话，边说，手边挥舞着。她这样子，让我联想起她在法庭上辩论的样子，一定很帅，很大义凛然，很横眉冷对，很英姿飒爽。几个月下来，向黔已经是深圳知名律师了，深圳电视台晚上十点半的"法治在线"节目，经常看到她坐在嘉宾席，大谈家庭暴力等话题。未来前景和钱景，都不可估量。

向黔终于打完了电话。

开会。

一个家庭扩大会议开始了。

主持人：向黔妈。

审议事项有二：

第一，向黔、奋进，你们是否要继续留在深圳？

主持人说："向黔在深圳的名声已经起来了，一年收入比我这个贵州著名乡镇企业家还高。奋进，你呢，在深圳的研究项目总会有到期的一天，也不远了。项目到期，意味着你要回到北京的研究所。好啦，矛盾出来了。你们的计划是什么？去还是留？"

奋进说："国家利益高于一切。哪里有饭吃，就留哪里。"

老妈打断奋进："别嬉皮笑脸的，好好回答你妈的话。"

奋进说："我随向黔。她要回了北京，客户、业务又要重新开始，不划算。项目结束了，不行，我再谋出路，好歹咱也是博士一名，找份工作还不容易。"

向黔投来感恩的目光。

主持人说："都是好孩子，通过。"

第二，向黔、奋进，你们打不打算要孩子，什么时候要？

主持人说："你们都老大不小了，奋进，你三十而立都过了,向黔,你马上三十了,孩子还不要,你们打算退休以后再克隆一个?这一点,你哥,奋斗就做得很好,现在孩子马上上学了,多幸福?"

我心里不好说:"亲家妈,我幸福得差点假离婚,办的那假证都还留着呢!"

显然,这个议题,触动了老爸老妈。

老妈说:"你妈说得有道理,现在环境这么差,出去街上走两圈,人都要得肺癌,你们精神压力又这么大,再不早点要孩子,我担心你们以后悔之晚矣。"

"别搞什么措施了,赶紧吧。"向黔妈习惯性手一挥,像三八红旗手给妇女做报告一样。

"什么什么措施?"老妈一时没反应过来,问。

"避孕措施。"向黔妈回答。

面对这两个赤裸裸发出威胁的妈,奋进、向黔哑巴了。

我解围说:"可能,他们有他们的想法,不过你们说的也有道理,孩子问题,适当的时候,可以考虑考虑。"

我这台阶一设,向黔有话说了。向黔对着她妈说:"我敢要孩子吗?怀孕、生孩子、坐月子、奶孩子,一个流程下来至少一年,我今年不接案子,明年就再也没案子了,案子不是你家亲戚,等着你,候着你,我今年不上电视,不上报纸,明年记者就不会采访我了,嘉宾资源库里就没有'向黔'这两个字了。你以为就我一个人是人才?到处都是人才!我不是不想要孩子,我是不敢要!"

向黔似乎思考这个问题很长一段时间了,各种答案都在心里转悠过了。她转过头,对老妈说:"妈你刚才说,上个街转几圈人都要得肺癌,你说中国目前这么一个恶劣环境,空气,空气不好,PM2.5指数隔三岔五爆表;食品,食品不安全,今天这个检出致癌物,明天那个重金属超标,连买奶粉都要去香港;还有吃的药,胶囊,都是工业明胶做的;我能让孩子生在这么一个糟糕的环境里么?以前,为了一口饱饭,你们可以远走他乡;现在,为了一口新鲜空气,我们就不可以远走他乡?"

向黔果然是一个律师,一溜排比句,自问自答,讲事实摆道理,感情还特别充沛,把两个妈反驳得哑口无言。

"律师这行,都是这样,打拼几年,攒了钱,移民到外国去,到外国生孩子。"向黔总结陈词,给大家一个最终的答案。

奋进一直不说话,不知道这个答案,是他和向黔商量好了的,还是只是向黔自己的想法。

有其女必有其母。沉默了一会儿,向黔妈又硬了起来:"好了,你们文凭比我高,知识比我多,口才比我好,你们爱咋的咋的。但是,作为一个三十多年老党龄的人,我告诉你们,你们要相信中国,要相信中国的明天!"

向黔说:"又做报告了。"

"我不做报告,你永远当我在开玩笑。"向黔妈说。

"你做报告,我才当你开玩笑。"向黔顶着。

"好了好了。"老妈充当和事佬,"向黔,你让着你妈一点,她大老远过来,又是汽车,又是飞机的,容易吗?"

"生孩子的事没法让。"

"必须得让，必须抓紧完成任务。"

我看了奋进一眼，让他表个态什么的。

奋进心领神会，前倾着身子："备战备荒，深挖洞，广积粮，抓革命，促生产，妈，听你的。"

"这还差不多！"向黔妈把水杯递给奋进。

"你以为是大炼钢铁！"向黔气得站起身来就要走。

"去哪儿？"奋进问。

"肚子饱着，到楼下散步、消气不行吗？"向黔说。

奋进追了出去。

我赶紧给向黔妈添了一杯水。

向黔妈接过杯子："他们不备战，老娘给他们备战。"

"啊？"我和老爸面面相觑，"啥意思？"

向黔妈在我们家待了将近一个月！

"唉，中国人这一辈子，大都是为孩子在活。孩子就是明天，孩子就是希望，孩子就是欢乐，孩子就是依靠，孩子过得好，就是普通老百姓最大的中国梦。"向黔妈果然是三十年老党龄，讲出来的话，轻而易举地和习总书记的"中国梦"挂上了。

我点点头。

"知道我为什么赖在你这儿不走了吧？"向黔妈继续发问。

"啊？"这个我没法点头，什么意思？

"一切都是为了孩子。"向黔妈看了我妈一眼，"为了向黔，为了奋进，不得不出下下策。"

"什么下下策？"我问。

"逼他们生孩子的下下策？"老爸插了一句，语气好像带着反对的意见。

"去去去，烧水去。"老妈支走了老爸。

"亲家，你说。"向黔妈推推我妈。

我妈犹豫了一会儿，开了口："我们准备让奋进、向黔两人生米煮成熟饭。"

"哎呀，拣重点说嘛。"向黔妈把话接过来，"把他们抽屉里的避孕套扎破！"

"啊！"我瞪大眼睛，正好看到老爸拿着个碗在厨房门口偷听。看见我，他鼓了一眼珠子，缩回去了。

"有效果吗？哦，不，被发现了吗？"我关心这个。

"还没行动呢。"老妈说。

"哦。"我拍着心口说，"那就好那就好。"

"什么那就好那就好，就等你回来行动！"向黔妈、我妈异口同声。

"啊！"我彻底呆住了。

"啊什么啊？天下父母一片苦心，你能理解吧。"老妈问。

"理解理解。"我说。

"理解就动手吧。这几天是向黔的危险期。"向黔妈从装菜的袋子里掏出一盒安全套，打开，十几个小东西塞在我手里。

我的妈妈呀！

不把我当外人就算了，还不把我当男人！

羞死我也！

老妈那边，噔噔噔返回房间，拿出一个银白色铁盒子，盒子上一个红十字。是医用消毒盒。

打开盒子，里面有剪刀、锥子等利器，还有小瓶装酒精、药棉、纱布。

天哪，这个都准备好了，忒专业了吧。

"开水端上来！"老妈吆喝。

老爸端着一小铝锅出来了，锅里是汩汩沸腾的水。

"啪。"小锥子丢进开水里。

"开始计时。"向黔妈看着手表，"十分钟后动手吧。"

疯了，两位妈！

"我有疑问，把它们扎破了，然后悄悄放回奋进的柜子里，偷梁换柱？"我问。

向黔妈点头。

"你知道他们的……套套放哪个柜子？"

向黔妈点头。

"也知道他们用的是这个牌子，而且还是大盒装？"

向黔妈点头。

"侦察工作做得够细的啊。"

向黔妈说话了："也是被逼的啊。"

说话间，老妈用镊子夹出了锥子。

放在纱布上，擦干水，然后裹上酒精，消毒，消毒，消毒。

"来吧！"老妈把作案工具交到我手上。

"别犹豫,我们的本意是善良的。"向黔妈鼓励着我。

我捏捏可怜的、滑滑的避孕套,对着中央位置,扎了过去。

锥子穿过包装袋、橡胶、包装袋,露出锋利的一端。

"要不多扎几下?"向黔妈问我妈。

"我同意。"老妈说。

于是我又扎了一次。

老妈对我说:"我想起了高尔基的一句名言,你知道是什么吗?"

我说:"让暴风雨来得更猛烈些吧。"

"嘿,知母莫如子啊。"老妈说。

一盒避孕套都给扎了。

抽出了两个,向黔妈把其余的全装进去:"我现在就去奋进他们家,偷梁换柱,趁着他们俩都不在家。"

"周末怎么不在家?"

"向黔出差了,奋进去弹琴了。"向黔妈说。

"弹琴?"我问。

"他给一部音乐剧写了词,一下班就往人家剧组里钻。"向黔妈说,"你说这两个人,跟没结婚似的,成天出差出差出差,小孩小孩小孩呢,从来不考虑,唉。"

"快去快回。等你回来吃饭。"我妈把芹菜拿出来,择起了菜叶子。

奋进两口子生孩子的情况,被秘密汇报着。

275

向黔妈住在奋进那边,一个叱咤风云的三八红旗手、响当当的女企业家,担负起了小两口的日常起居、洗衣做饭。每到中午的时候就过来我妈这边,向老妈汇报自己的观察与揣测。

向黔妈真是求外孙心切啊。

"我侦察过了,我们特制的那玩意,他们没有认出来,还用了一个!"向黔妈说。

"关键时间对不对,时间不对,用了也没用啊。"我妈还比较清醒。

"是哦。昨天晚上时间应该不对。"

"你怎么确定昨晚时间不对?你知道小向是哪天来那个的?"

"就是因为我记了她的日期,我才说不对。"向黔妈比画起指头来,"你看嘛,她是上个月一号来的,按理,危险期应该十几号才对,今天都二十五号了。不对不对,绝对不对。"

"还要看小向平时准不准。"

"我留心过,她挺准的。"

"下个月,十二三四号,要督促他们。"

"督促?明的,肯定不行,必须暗的来。"向黔妈还在掰着手指头,"下个月,好好策划策划,有条件要上,没条件,创造条件也要上。"

我在房间里当然听得出她们说的"那个"、"那个"。我故意装傻,问:"你们在说什么准不准啊?"

"去去去,没你的事。"老妈挥手。

"奋进怎么样了?"我继续装傻。

"革命尚未成功,同志仍需努力。"两位妈异口同声。

说来真是搞笑,被扎破了的避孕套,还真发生了作用。

一进家门,老爸老妈、向黔妈三人齐刷刷地望向我。那眼神闪着光,燃着火,说不出来的复杂,说不出来的激越。

还看到了奋进。

奋进、向黔两口子都好久没来家里了。

奋进扭转头看了我一眼,眼光淡定得如一块洗旧了的布,一点光都没有。

我坐下。

老妈用一种异常克制的语调说:"向黔有喜了。"

向黔妈重复了一句:"有喜了。"她嘴里的"喜"字,显然飘浮一些,她的嘴角是上扬的,暗暗地笑,发自内心。

我看着奋进,用的是求证加询问的眼光。

奋进说:"纯属意外。"

两位妈再看向我,眼珠里写着两个大字:哈哈。

"好事啊,咱们家今年的大喜事。"我放开声音说。

"明年夏天,我就当外婆了。"向黔妈放开声音说。手里摇着老妈的手。

"明年夏天,我再一次荣升奶奶了。"老妈放开声音说,摇着老爸的手。

"你好像不开心?"老爸问奋进,"还不想要孩子?"

大家这才发现一放肆,没有注意到奋进的表情。

277

奋进说:"我当然想要,听到向黔说这个月没来那个,是不是怀孕了,那一瞬间,我第一感觉是心突然开了一下,就像花骨朵突然绽开一样,我当然高兴。但我担心的是……"

"担心什么,担心向黔不想要孩子?"向黔妈问,然后又补充了一句,"她敢!"

"这几天,我看向黔一点也不开心,心事重重的。她老在重复一句话:'怎么会意外怀孕呢?'"奋进说。

"亏你们还是高级知识分子。你以为做了保护措施,就可以万无一失啊?千里马还有失蹄的时候呢。你们上网查查去。"向黔妈这个主谋,主动担任辩护的任务,然后口气一改,"孩子跟父母是有缘分的,意外怀孕了,说明时候到了,这是天意。"

"你不用做我的思想工作,我愿意,关键是向黔。"奋进说。

"向黔,我跟她说去。"向黔妈大手一挥,"现在就给她打电话,让她晚上过来吃饭。"

"她北京出差了。"奋进说。

"哦,对,那就等着她回来,我给她上一堂人生课。你们年轻人啊,想法多多,但就是分不清主次。唉。上完这课,我要回我的贵州啰。"向黔妈说完,拉着老妈的手,"走,买菜去。"

就在我收到大壮短信"'最动听'已批复"的那天,东窗事发。

向黔不愧是个出色的律师,调查取证,逻辑严密,火眼金睛。那天下午,北京出差一回来,她第二次拉开床头柜,取出避孕套,逐一检查，发现了秘密。

质问的第一个人，当然是奋进。

奋进一进来，就被叫到了卧室。

"你干的？"向黔举着避孕套问。

奋进一愣。

向黔抓过奋进的两个手指，按在避孕套上，可以感受到有润滑油冒出来，油油的，滑滑的。

奋进明白了怎么回事，拿起来一看，果然有戳穿的印迹。

"怎么回事？"奋进问。

"不是你作的案？"

"开什么玩笑，当然不是！"

"你怎么证明不是你干的？"

"不是就不是！"奋进哭笑不得，"我怎么证明，我没法证明。"

"难道是老妈干的？"

"要干也是你妈干的，不会是我妈干的。"

"不管谁妈，这样都不对。"

"那就走吧，今晚到哥那边吃饭。"

那天，知道向黔北京出差回来，我妈在家里做了一桌子菜，向黔妈负责打下手，汤汤水水，全是补身子的。

一进家门，看到桌子上热气腾腾的炖鸡汤，向黔一下子明白了。

两位妈看到向黔进门，脸上堆着向阳花一般的笑。向黔妈接过包,我妈连忙找来拖鞋,棉的,新的,特别厚实。

嘿,伺候上了。

我看了一眼奋进。奋进阴着脸,感觉不对劲。

奋进看了我一下,晃了晃手机。

我跑进房间里,拿到手机,发现奋进给我发了条短信:谁干的,老妈参与没?

老天,你让我怎么回?

何止老妈参与了,你哥我还参与了呢。

没法回!

我走出房间,看了他一眼:无可奉告。

一家人坐在圆桌上,三个老人也看出来了,气氛不对,别扭。

和老外寒暄一样,先是扯天气。

向黔妈说:"还是深圳好,都快入冬了,天气还是这么暖和。"

我妈应道:"也有冷的时候,冷风冷雨的,一年中有十天半个月。奋斗,是不是?你这个老深圳了。"

"一般是春节前后,有那么一两个星期,不过再冷,也就是十度左右。"我说。

"是零上吧?"向黔妈问。

"当然是零上,零下,那还得了。"我说。

"贵州山区就经常零下好几度哦。"向黔妈说。

"那你春节来深圳过。一家人热热闹闹地过个年。"我妈说。

"好,今年肯定是在深圳过了,过个暖和年,陪着小黔。"向黔妈绕了半天，终于把话题绕到向黔怀孕这件事上来了，转头对向黔说，"你啊，要注意下自己的身体，一天到晚飞来飞去的。咦，鸡汤，你怎么不喝呀，炖了一个下午，可补了。"

"是你干的？"向黔问她妈。

"什么什么我干的？"

"你自己知道。"

向黔妈了解自己女儿的性格，先招了："还不是为了你好，你都什么年纪了，你不着急，我着急！"

"为了我好？你可知道，你这是在犯法！"

"咦！你这孩子，怎么说到犯法，老妈希望你早点生孩子，好帮你带，你怎么扯到犯法的事了？"

"你明知道我现在不方便要孩子，你背着我做手脚，让我意外怀孕了，我再把孩子做掉，一个生命就这么消失了，你不是犯法是什么？"

"你怎么就不方便要孩子了？房子有，车子有，学历比天还高，工资一个月好几万，你还不方便，你什么时候方便，你要到了五十岁才方便？"

"你不懂！"

"我怎么就不懂了？我年轻的时候比你还女强人，你的那点小心思我不懂？我太懂了。你不就想证明自己的价值吗？有什么好证明的呀？人生到头来，靠的还是亲人、儿女，钱只能让你吃饱穿暖，给不了你幸福！"

"别给我上课，听腻了。你就是不懂我！"

"那你打算怎么样,你要是敢拿掉孩子,我这辈子就没你这个女儿!"

"我必须拿掉!"

"你!"向黔妈把碗一撂,站起来,伸出巴掌要打人,被我和我妈拉住了手。桌上的汤水被这么一撞,乒乒乓乓,洒了出来。

向黔放下碗,红着眼睛,跑出了家门。

奋进追了出去。

剩下我们四人和一桌的尴尬。

想不到火药味这么大!

"唉,要是我承认是我干的,小向可能没那么大的火。"老妈拍着向黔妈的背说。

"这孩子从小个性强得很,独立惯了。"向黔妈说。

我和老爸,把桌子收拾了一遍,重新摆好,大家继续有一搭没一搭地吃着。

半个多小时后,奋进一个人回来了。

"向黔回家了,说要一个人安静安静。"奋进端起吃了一半的碗,闷闷地说。

"奋进,我就不明白了,你们这条件,为什么不方便要孩子?"向黔妈问。

"妈,我用向黔经常说的一句话来回答你吧。她说:'因为我生在中国,是个不上不下的小中产!'"

"小中产怎么了?"

"'小中产就不能停下来。'"

一语既出,突然谁都没法接下去。一片沉默。

或许,也只有我和奋进能理解向黔。

因为我们都是小中产。

她的心情,我懂。

我真的懂。

我太懂了。